Jantra Friedrich

MITTENDRIN STATT NUR DABEI

Amüsante Reise-Anekdoten und Tipps rund um den Globus

© 2021 Jantra Friedrich
Umschlag, Titelfoto/Illustrationen: Cornesse/Fritz via Pho.to/ Made by Photo Lab

Verlag & Druck: tredition GmbH, Halenreie 40-44, 22359 Hamburg

ISBN
Paperback 978-3-347-28040-3
Hardcover 978-3-347-28041-0
e-Book 978-3-347-28042-7

Inhaltsverzeichnis

Vorwort

Wenn einer eine Reise tut, dann kann er was erzählen. Klingt banal, ist aber so, denn das Fremde hält Überraschungen bereit. Insbesondere, wenn man abseits der Massen und individuell reist. Auch wenn man geschäftlich unterwegs ist, läuft nicht immer alles glatt und es kommt zu unerwarteten Begegnungen. Aber begegnen wir nicht alle täglich den kuriosesten Situationen? Blickt man auf seine Reisen zurück, bemerkt man irgendwann, wie viel sie über eine Person bzw. sich selbst aussagen. Schließlich landet man ja nicht zufällig irgendwo, sondern hat sich die Schauplätze und Abenteuer in der Regel bewußt ausgesucht. Zudem wandeln sich Anspruch und Reiseart oft mit der Zeit, sprich mit zunehmendem Alter. In jungen Jahren hat man oft Zeit und wenig Geld; später die finanziellen Mittel, aber aufgrund von Berufstätigkeit und/oder Familie wenig Zeit. Sucht man in der Jugend anfangs das laute, ungezügelte Vergnügen, sind es später eher die leisen, aber nicht minder interessanten Töne. Und irgendwann sind extremen Temperaturen oder Unternehmungen auch körperliche Grenzen gesetzt. Was entsteht, ist also eine Art Reisebiographie.

Unverhofft kommt oft. Auf einer Fahrt durch Guatemala erlebt man stellenweise meterhohe Hanfplantagen entlang des Straßenrandes und in Bogota (Kolumbien) kann man schon mal in einen Schußwechsel zwischen zwei unmittelbar vorausfahrenden Fahrzeugen geraten.

Dieses Buch erhebt keinen Anspruch auf ausführliche Reisebeschreibungen im Sinne eines Reiseführers. Schlüpfen Sie mit der Autorin vielmehr zwischen die Zeilen und folgen den unterschiedlichen Erzählstilen und Sichtweisen zu kuriosen Momenten auf Reisen, speziellen Exkursionen und ungewöhnlichen Aktivitäten wie durch eine virtuelle Brille. Erinnerungen an Gefühle, Düfte oder Klänge entspringen eben nicht nur der Kindheit, sondern formieren sich durchaus auch in späteren Jahren. Extrainfos und viele Tipps führen zu Örtlichkeiten und Veranstaltern zum Nacherleben.

Die heitere Reise um die Welt – zu Lande, zu Wasser und zu Luft – lädt ein zur Unterhaltung in reisebeschränkten Zeiten oder steht als Anregung für die Zukunft. Dabei ist der Autorin bewußt, daß Reisemöglichkeiten und Organisation dank der digitalen Medienwelt heute zwar leichter planbar und umsetzbar sind, die neue vermeintliche (Un-)Sicherheit seit dem 11. September 2001 gleichzeitig aber auch Beschränkungen mit sich bringt, die es früher nicht gab und mithin auch vieles an Ursprünglichkeit und Spontanität unwiederbringlich macht. Ich fühle mich daher privilegiert, die Welt auch vor dem „Fall der Mauer" erlebt zu haben und mithin über die Jahre Vergleiche ziehen zu können – also das Beste aus zwei Welten erlebt zu haben.

Hochzeitsreise um die Welt – aber bitte vor der Hochzeit

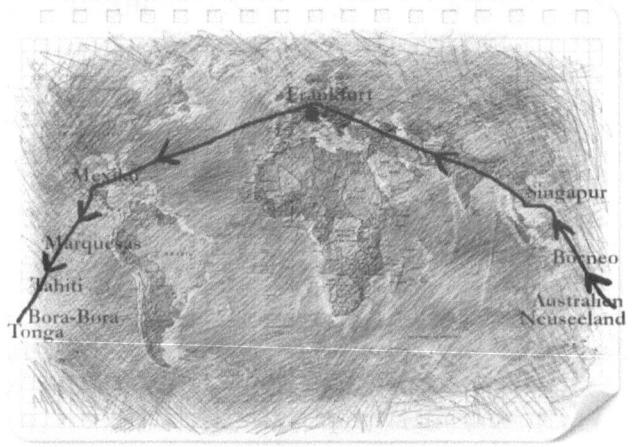

Flitterwochen: Erstens kommt es anders, zweitens als man denkt. Eine Hochzeitsreise ist an sich ja nichts Ungewöhnliches, eine sechswöchige rund um den Globus schon.

Die konkrete Route hieß in diesem Fall:

Frankfurt → Acapulco → Französisch-Polynesien mit Nuku Hiva/Marquesas-Inseln → Tahiti → und Bora-Bora → Tonga → Auckland/Neuseeland → Sidney und Cairns/Australien → Papua-Neuguinea → Borneo/Indonesien → Singapur → Frankfurt.

Der eigentliche Clou der kombinierten Flug-Schiffs-Reise aber war, daß wir – mein „Mann-in-spe" und ich – die Reise schon drei Monate vor der Hochzeit gemacht haben. Der Grund lag auf der Hand: Diese Tour war ein einmaliges Angebot, und nach der Hochzeit würden wir aufgrund des Studium-Abschlusses beide Vollzeitstellen antreten. An einen längeren Urlaub war dann für lange Zeit nicht mehr zu denken. Ein halbes Jahr hatten wir also Zeit, uns den Reisepreis zusammenzusparen. Als das immer noch nicht reichte, haben wir schließlich unsere Autos verkauft.

Während der Reise fiebert man von Station zu Station, von Hafen zu Hafen. Erst im Nachhinein wurde uns klar, was für ein unbeschreiblicher Trip mit vielen Höhepunkten es war. Um nur einige aufzuzählen: die Felsenspringer von La Quebrada in Mexiko, die riesigen Tiki-Statuen der Marquesas-Inseln, die bunte Fischwelt von Bora-Bora, die Maori-Kultur in Neuseeland, das Opernhaus von Sidney, der Königspalast von Tonga in Nuku'alofa, das entlegene Hochland von Goroka auf Papua-Neuguinea, die Pfefferplantagen von Borneo, das Raffles in Singapur. En Detail wäre das ein Buch für sich.

Aber ganz besondere Schmankerl hält auch das Bordleben parat. Unser Schiff, die MS Kasachstan (die heutige MS Delphin) war gemessen an den über 10 000 Seemeilen (rund 18 500 Kilometern) die wir damit zurück gelegt haben, mit knapp 20 000 BRT und 157 Meter Länge eher ein Schiffchen. Und das war vielleicht auch gut so, denn zwischen Tonga und Neuseeland, also mitten auf dem Pazifik, kämpfte sich unser schwimmendes Zuhause zwei Tage lang tapfer durch ein mächtiges Sturmtief. Windstärke 11 und Seestärke 10 bis 11 (Maximalstärke 12) sind kein Pappenstiel und es gab zeitversetzt einige SOS-Meldungen anderer Frachtschiffe.

Obwohl der Kapitän versuchte, dem Zentrum des Sturms etwas auszuweichen, sind die Entfernungen einfach zu riesig, um darauf reagieren zu können. Die Nieten krachten beim Schlag in die Wellentäler nur so und der Rumpf grollte, als es sich wieder aufbäumte. Es gibt Videoaufnahmen vom Promenadendeck aus, da scheint die nächste Welle das Schiff längsseits auf gleicher Höhe zu erfassen. Dies bedeutet eine Wellenhöhe von zirka acht bis neun Metern, bei einer Wellenlänge von bis zu 200 Metern. Sicher haben alle Kreuzfahrtschiffe Stabilisatoren, um den Seegang etwas abzumildern, respektive auszugleichen. Diese aber müssen ab Seestärke 5 meist eingezogen werden, damit sie nicht abbrechen. Suppe gibt es dann zwar keine mehr, aber einige Unentwegte haben dennoch den Speisesaal, und vor allem die Bar bevölkert. Mir war da mehr nach meiner Kabine ziemlich weit unten im Schiff. Ein weiser Ratschlag meines Vaters, denn bei Seegang ist der stabilste Punkt des Schiffes stets unten mittschiffs und nicht in den teuren Oberdeck- oder Vorschiffkabinen. Da schaukelt und schlingert es am meisten. Soweit dieser kleine Exkurs.

Seine Mitreisenden kann man sich natürlich nicht aussuchen, aber mit einiger Erfahrung und guter Schiffskenntnis kann man anderen Gästen bei Bedarf gut aus dem Weg gehen. Nämlich dann, wenn man neuralgische Punkte wie die Bar am Lido-Deck meidet oder diese nur außerhalb der Stoßzeiten aufsucht. Dann lieber den kleineren Pool Achtern nehmen oder sich auf Höhe der Brücke Richtung Bug aufhalten. All das war damals noch gestattet. Oft war ich nach dem Abendessen, wenn im Gala-Saal das Abendprogramm lief, lieber auf der Brücke. Stundenlang konnte ich in einer hellen Mondnacht aufs Wasser blicken und der Gischt der Wellen lauschen. Blickt man dann auf den Radarschirm und erkennt in einem Radius von 500 Seemeilen kein weiteres Schiff, fühlt man sich der Natur entweder sehr ausgeliefert oder wie ein König. Seltsamerweise machte außer mir kaum jemand der Passagiere davon Gebrauch. Zudem ist es viel interessanter sich mit den russischen Offizieren über ihren Werdegang, das Familienleben und Erlebnisse zu unterhalten, als jippy, jappy, juppy „Bingo" immer dieselben Schlager oder Humoresken der mitreisenden Unterhaltungskünstler zu hören.

Einer der nautischen Offiziere mit Namen Artur K., der aus Wladiwostok stammte, erzählte mir eines Tages, daß sein größter Schatz ein altes deutsches Liederbuch sei. Außerdem klängen ihm noch die Worte seiner Großmutter im Ohr, die immer in Deutsch gerufen habe " Ardur, mach' die Dier uff". Als er daraufhin wissen wollte, aus welchem deutschen Landstrich seine Vorfahren mütterlicherseits wohl ursprünglich stammten, konnten wir ziemlich gut Auskunft geben; nämlich vermutlich aus der Pfalz.

Die zuvor getroffene Einstufung des Unterhaltungsprogramms soll übrigens keineswegs despektierlich klingen, sie entspricht in der Regel vielmehr dem Geschmack bzw. Durchschnittsalter der Passagiere. Dafür schätze ich den klassischen Pianisten umso mehr, aber das ist und bleibt natürlich Geschmacksache.

Ein Tag mehr oder weniger?

Nach einem Vortrag über die Reiseroute bzw. die anstehenden Landausflüge stehe ich an der Reling und genieße bei mildem Fahrtwind das unendliche Blau. Ich warte auf meinen „Noch-Nicht-Ehemann", als ich folgendes Gespräch zweier mitreisender Damen aufschnappe. Die eine: „Ach, nach Bora-Bora kommen wir auch?" Darauf die andere: „Ja, ja ... aber wie war das gleich nochmal mit der Datumsgrenze, passiert das jedes Jahr?"

Es hätte nur noch gefehlt, daß sie sich fragen, ob das Personal auch an Bord schläft. Ich weiß es nicht mehr genau, aber wahrscheinlich habe ich schallend laut losgelacht. Sicher, „nobody is perfect", aber die Eckpunkte einer so langen und teuren Seereise nicht zu kennen, zeugt schon von einer gewissen Naivität. Und ja, die Datumsgrenze verläuft entlang der Linie Tonga und Neuseeland, aber das ist unverrückbar und passiert natürlich jeden Tag. Die Dame hat das wohl mit dem Schaltjahr verwechselt. Witzig ist das Thema Datumsgrenze aber trotzdem, denn auf unserer Reise hat es den 2. Februar einfach nicht gegeben. Wir überquerten den Pazifik in west-östlicher Richtung, waren also die letzten, die die Sonne am 1. Februar untergehen sahen und nach „Grenzübertritt" in der Nacht die ersten, die am nächsten Tag bei Tonga die Sonne aufgehen sahen, nämlich am 3. Februar. Nun waren wir der Zeit also wieder voraus. Anders gesagt: während die Uhren an Bord bisher jeden Tag eine Stunde zurück gedreht wurden, werden sie ab sofort (im Schnitt und je nach Routenverlauf) täglich eine Stunde vorgestellt.

Wie auch immer, spätestens nach vier Wochen auf See, verliert man jegliches Zeitgefühl und trotz TV-Programm, Nachrichten und Bordzeitung lebt man weit ab von jeglichem Geschehen in der realen Welt. Nach gut zwei Drittel der Seereise laufen wir schließlich in den Hafen von Madang auf Papua-Neuguinea ein.

Fliegen einmal anders

Angeboten werden zwei Tagestouren: einmal eine Bootsfahrt auf dem Sepik (besser Hände rein, Vorsicht Krokodile), die andere in das Hochland (1550 Meter) zu den Schlamm-Menschen von Goroka. Über einige diese indigenen Völker erzählt man sich, daß sie bis vor ein, zwei Jahrzehnten noch unvorstellbare Stammesriten bis hin zum Kannibalismus praktiziert hätten. Das wollte ich mir näher ansehen.

Der Ausflug ist recht teuer, da er auf wenige Teilnehmer begrenzt ist und nur mittels eines kleinen Flugzeuges stattfinden kann. An diesem Morgen hängen die Wolken sehr tief und die nur wenig entfernte Hügelkette scheint regelrecht zu dampfen. Umso angenehmer sind wir überrascht, als da auf der Piste ein schicker weißer Düsenjet steht. An seinem Heck befinden sich das rot-bunte Logo eines Tropenvogels und der Schriftzug „Air New Guinea". Nach nur wenigen Metern heben wir ab, stoßen durch die Nebelschwaden und landen nach nur 12 Minuten auf dem „Goroka-Airport". Die kleine Provinzhauptstadt zählt immerhin 19 000 Einwohner und die wenigen (Sand)Straßen wirken gepflegt. Gärten und Häuser tragen tatsächlich noch koloniale Züge. Kein Wunder, waren hier Mitte bis Ende des 19. Jahrhunderts doch die Holländer und Briten zugange und auch die Deutschen. Als Deutsch-Neuguinea war ab 1899 das von der deutschen Neuguinea-Kompagnie verwaltete kaiserliche Schutzgebiet in Ozeanien ein Teil des Deutschen Reiches. Zu Deutsch-Neuguinea gehörten außer Deutsch-Samoa alle im Südpazifik gelegenen deutschen Kolonien bzw. Schutzgebiete. Mit Ausbruch des Ersten Weltkriegs endete die deutsche Verwaltung.

Ich kann es kaum glauben. Noch während wir im Bus Richtung „Tropenwald-Schlamm-Menschen" sitzen, passieren wir eine ordentlich mit weißen Steinen abgesetzte Kreuzung, an der ein zierlicher Mann steht, der noch eine Gardemütze und eine rot-blaue Uniformjacke mit goldenen Knöpfen des Kaiserreiches trägt. Fast stolz steht er etwas verlassen da. Ob diese Kleidungsstücke tatsächlich von seinen Vorfahren stammten? Der Versuch einer Unterhaltung mit ihm wäre sicher ein kulturelles Highlight gewesen.

Nun, die Schlamm-Krieger, das Volk der Asaro Mudmen, wirkte inzwischen ziemlich gezähmt, und sie leben offensichtlich vom Preisgeben ihres Dorflebens und dem Aufführen von Volks- und Stammestänzen. Besagte Mudmen leben im östlichen Hochland. Ihre Haut ist bei Zeremonien meist mit weißem Lehm bedeckt, auf dem Kopf sitzt eine tönerne Fratzenmaske und die Finger zieren spitze Bambusröhrchen. Mit diesem Furcht einflößenden Aussehen sollten die Feinde in die Flucht geschlagen werden. Die Frauen sind meist wohlproportioniert und einige der Kinder trugen an bunten Lederriemchen befestigte Lendenschurze und wurden mit jedem Bonbon „zutraulicher". Wie schwer es diesen Völkern fallen wird, in den nächsten Jahren ihren Platz in der Weltgemeinschaft zu finden, vermag ich mir kaum auszumalen. Sie haben daher meine Bewunderung, wie sie um den Erhalt ihrer Kultur kämpfen bzw. den Spagat zwischen Tradition und Moderne zu schaffen versuchen.

Die ursprünglich 750 Volksgruppen der Papua haben sich völlig abgeschieden voneinander entwickelt, obwohl sie teils nur 50 Kilometer voneinander entfernt im nächsten Tal siedelten. Ebenso getrennt erfolgte ihre Sprachentwicklung. Aber die kleine Story wäre weniger berichtenswert, wäre da nicht der Rückweg zum Schiff gewesen. Punkt 16.00 Uhr sind wir wieder an der Landepiste von Goroka und warten, und warten, und warten. Hmm, um 18.00 Uhr soll unser Schiff ablegen. Gott sei Dank ist dies kein von uns privat gebuchter Ausflug, wie wir ihn auf Tahiti und Neuseeland

organisiert hatten. Im Falle einer Verspätung legt das Schiff nämlich ohne uns ab und wir hätten das kostspielige Nachsehen, es
einzuholen bzw. beim nächsten entfernten Halt wieder zuzusteigen.
Hier stehen nun 20 Kreuzfahrtgäste und der örtliche Reiseleiter
kommt ins Schwitzen. Als er schließlich vom kleinen Terminal
zurückkehrt, informiert er uns, daß das einzige Flugzeug der Linie
(mit dem wir heute früh gekommen waren) einen Defekt habe. Wie
lange die Reparatur oder Nichtverfügbarkeit dauern würde, sei
ungewiß. Rückfahrt mit dem Bus klingt logisch und nach einer
Lösung. Dieses Unterfangen aber würde durch das Urwaldgebiet
selbst bergab bei schlechten Straßenverhältnissen bis zu 12 Stunden
dauern. Inzwischen ist gut eine Stunde vergangen, als wir plötzlich
wummernden Propellerlärm vernehmen. Auf dem Rollfeld bewegt
sich eine riesige Militärmaschine direkt auf uns zu.

Die große Heckklappe geht auf und zwei Soldaten deuten uns über
die Rampe einzusteigen. Ähh? Das Innenleben des Flugzeuges besteht nur aus ein paar Kisten, Netzen und Haltegurten, von Sitzen
keine Spur. Wir bekommen also die Anweisung, uns einfach rechts
oder links auf den Boden zu setzen, nach Sicherheitsgurten fragen
wir erst gar nicht. Schnell reicht man uns noch Kopfhörer als
Gehörschutz; festhalten könne man sich an den Netzen. Die Heckklappe schließt sich und wir sitzen quasi im Dunkeln, denn die
Frachtmaschine hat gerade mal zwei winzige Bullaugen-Fenster.
Wie pikierte Micky Mäuse hocken wir auf dem nackten Boden, als
die Maschine auch schon die knatternden Propeller-Triebwerke
anlässt. Wozu Kopfhörer gut sind, wissen wir spätestens jetzt. Sie
startet und sie fliegt und ist in 15 Minuten wieder in Madang. Dennoch bleibt ein ungutes Gefühl, wenn man nicht sieht, was draußen
vor sich geht. Fast komme ich mir vor wie ein Kriegsberichterstat-
ter, der in letzter Sekunde ausgeflogen wird oder Entführern in die
Hände gefallen ist. Was soll's, jetzt weiß ich wenigstens, wie sich
ein Flug mit einer Frachtmaschine ohne Ausstattung anfühlt, nämlich sehr rudimentär.

Noch ein Wort zur Tierwelt des Pazifiks. Insbesondere die Welt der Fische ist wirklich unglaublich schön. Zur Beobachtung braucht man nicht einmal eine Schnorchelausrüstung. Auf Bora-Bora genügt es, im flachen Wasser am Strand einfach stehen zu bleiben und schon nach wenigen Sekunden sind die Knöchel umschwärmt von etlichen bunten Fischlein. Gelbe, lilafarbene oder orangegestreifte wie „Nemo". Man könnte stundenlang zusehen, einige scheinen sogar an den Hautschüppchen zu knabbern.

Fest steht, daß man nach sechs Wochen Kreuzfahrt mit Vollservice den Bezug zur realen Welt ziemlich verloren hat, um nicht zu sagen, man sich an die „Pestilenz des Alltags" erst wieder schmerzlich gewöhnen muß.

In Singapur habe ich dann schließlich meine Brautschuhe gekauft. Eigentlich wollte ich dafür ja das Sparschweinchen einsetzen, das ich über 12 Monate hinweg mit Glückspfennigstücken gefüttert hatte; man kann halt nicht alles haben. Das Schweinchen hat dafür bis heute überlebt, und ich bin inzwischen 35 Jahre verheiratet.

Meine Tipps:
1. *Telefonieren nach Europa ist in Französisch-Polynesien günstig, denn für das Übersee-Département gilt ein subventionierter EU-Tarif.*
2. *Vorsicht bei der Nutzung von öffentlichen Bussen auf Tahiti. So mancher entpuppt sich als Schulbus und bleibt über die Mittagszeit gerne mal drei Stunden abseits stehen. Besser vorher gezielt (in Französisch) nachfragen.*
3. *Sicher Bora-Bora mit seinen weißen Korallensandstränden, der schwarze Sand von Tahiti oder Bondy-Beach in der Bucht von Sidney sind Traumstrände wie man sie auch auf Mauritius, in der Karibik oder der Isla Mujeres im Golf von Mexiko findet. Aber der schönste Strand der Welt bleibt für mich die Bucht von „Beau Vallon" auf den Seychellen.*

Hinter dem Eisernen Vorhang

Da meine Familie keine Verwandten in der DDR oder anderen RGW-Staaten hatte, nahm ich das Angebot der Studentenorganisation AIESEC gerne an, 1982 erstmals einen sozialistischen Staat zu bereisen bzw. ein sechswöchiges Auslandspraktikum in Ungarn zu absolvieren. Nach Auskunft besagter Studentenorganisation wäre mein Arbeitsplatz die Marketing-Abteilung der staatlichen Hotelkette „Pannonia". Alles, einschließlich der Visa-Formalitäten, sei für mich geregelt. Über Ungarn wußte ich zu diesem Zeitpunkt als 22-Jährige nicht viel, nur daß dort eine Art „Gulasch-Kommunismus" herrsche, der nicht soo schlimm sei und den Bürgern gewisse Spielräume ließe.

Drei Telefone

Ich setzte mich Anfang Juli in den Nachtzug nach Budapest und harrte der Dinge, die da kommen. Erwartungsgemäß war die einstündige Kontrollprozedur in Hegyeshalom an der österreichisch-ungarischen Grenze aus westdeutscher Sicht entwürdigend. Außerhalb des Zuges überall Hundegebell, Unterbodenkontrolle per Spiegel und schwadronierende Wachmannschaften. Vor allem gebürtige Ungarn, die inzwischen im Ausland lebten, schienen von den Drangsalierungen betroffen. In meinem Abteil saß ein älteres Ehepaar, das wohl schon ahnte, was auf sie zukommen würde. Zwei Grenzer rissen die Abteiltüren auf und blickten auf meinen roten deutschen Reisepass, dann zu dem Franzosen gegenüber. Und dann zu den beiden Senioren, die noch nach ihrem Pass suchten und zur Begrüßung etwas auf Ungarisch stammelten. Schon standen sie im Fokus und wurden mit harschem Befehlston dazu aufgefordert die Koffer zu öffnen. Es wurde nichts gesucht, es wurde einfach nur schikanös gewühlt. Als die Dame das gesuchte Dokument nicht so schnell finden konnte, schlug ihr einer der Grenzkontrolleure die schwarze Handtasche einfach aus der Hand, so daß sich der Inhalt auf dem äußerst unsauberen Abteilboden verteilte. Pillen, Taschentücher, Brille, Schlüssel, Geldbörse und schließlich der österreichische Pass.

Grimmig herrschte er die beiden Alten an und schmiss ihnen die Pässe schließlich vor die Füße. Der Franzose und ich konnten es kaum fassen und begannen alles Heruntergefallene wieder einzusammeln. „Lassen Sie nur, das passiert uns öfters", meinte der ältere Herr. Na, das konnte ja heiter werden. Gott sei Dank beschränkte sich das Imponiergehabe der Staatsdiener tatsächlich auf die Grenzgebiete; im Land selbst spürte man wenig davon.

In dem nach westlichen Maßstäben heruntergekommenen Studentenwohnheim wohnten auf jedem Stockwerk andere Nationalitäten, einschließlich sozialistischer Bruderstaaten Afrikas. Selbst im Kühlschrank der kleinen Etagenküche des vierten Obergeschosses schien es von Küchenschaben nur so zu wimmeln. Mit meinem Doppelzimmer hatte ich hinsichtlich Sauberkeit und Lage zwar mehr Glück, aber es gab im gesamten Gebäude kein Telefon. Wollte man nach Deutschland telefonieren, blieb nur die Möglichkeit, ein „Internationales Hotel" aufzusuchen. Meine Eltern wollten schließlich wissen, ob ich gut angekommen sei. Unverdrossen machte ich mich am nächsten Tag kurz vor 20.00 Uhr auf den zirka 25 Minuten dauernden Weg. Dort angekommen mußte ich mein

Gespräch erst einmal anmelden und die gewünschte Teilnehmer-Nummer angeben. Nach etwa 15 Minuten wies man mir schließlich eine Kabine zu. Es klingelte und ich nahm ab. Die Verbindung war gut, doch schon nach fünf Minuten machte es piep-piep und die Leitung war tot. Ich legte auf, trat heraus und bat um wiederholte Vermittlung, da das Gespräch unterbrochen worden sei. Die Damen und Herren an der Rezeption schauten mich nur mißmutig an und erklärten, daß nach 21.00 Uhr keine Telefonate mehr stattfinden könnten. Ähh, ... offensichtlich, weil die Mithörer der „Firma Horch und Guck" jetzt nach Hause in den Feierabend gingen.

Gott sei Dank hatte ich es bei der Hotelkette gut getroffen. Als ich den Vorfall am nächsten Morgen schilderte, konnte ich von da an so oft ich wollte, vom Büro aus nach Hause anrufen. Und zwar von einem roten, internationalen Telefon aus. Auf dem Schreibtisch des Chefs standen nämlich noch ein Schwarzes für Stadtgespräche und ein Graues für nationale Gespräche. Als einmal das Graue klingelte, der Chef aber nicht im Raum war, nahm ich ab und säuselte: „Igen?" Der Teilnehmer auf der anderen Seite begann zu sprechen. Als er nach kurzer Zeit still wurde, antwortete ich einfach mit „Nem tudom", was so viel wie „weiß ich nicht" bedeutet. Damit waren meine ungarischen Sprachkenntnisse auch schon erschöpft. Erneut begann er zu reden, legte irgendwann aber einfach auf. Als ich meinem Chef davon erzählte, reagierte dieser amüsiert über den kleinen Scherz. Später habe ich erfahren, daß meine Intonierung der beiden ungarischen Wortfetzen so perfekt gewesen sei, daß das Gegenüber die Ausländerin am Apparat zunächst nicht bemerkt hatte.

Es waren prägende sechs Wochen, in den ich zusammen mit zwei studentischen Kollegen höherer Semester sämtliche Werbebroschüren für deutschsprachige Gäste überarbeitete. Dabei achteten wir darauf, daß das Bildmaterial nicht zu viel vom Tapetenmuster-Mix der Zimmer und den oft über Putz liegenden Leitungen zeigte.

Einmal wollte man mich in einem Ausflugslokal als Westdeutsche beim Zahlen übervorteilen und stellte eine unerwartet hohe Rechnung. Ich ließ nicht locker und verlangte Klärung. Schließlich stellte sich heraus, daß es Speisekarten mit unterschiedlicher Auspreisung gab. Ich zahlte letztlich gar nichts, weil ich mich im Namen von „Pannonia-Hotels" darüber beschwerte.

Ansonsten sind nur schöne Erinnerungen haften geblieben, wie private Einladungen, eine nächtliche Vollbremsung vor einem kapitalen Hirsch und eine Rundreise durch das ganze Land; von Budapest über den Plattensee bis in die Puszta und an die Grenze zu Ex-Jugoslawien. Von Treffen mit Dissidenten in studentischen Untergrundkneipen habe ich damals bewußt abgesehen.

Janos E., mein damaliger Chef, der hervorragend Deutsch spricht, wurde später Direktor von Schloss „Gödöllő" (Kaiserin Sisi's Lieblingsschloss) und in Folge Tourismus-Minister des Landes. Verdient habe ich mit damals 800.- DM, heute umgerechnet 400.- Euro, übrigens überdurchschnittlich gut. Mein Gehalt war dem eines Mitarbeiters im Außenministerium gleichzusetzen. Junge Ungarn mußten dafür mindestens noch einen Zusatzjob am Wochenende annehmen oder abends kellnern, um auf den gleichen Monatsverdienst zu kommen. „Köszönöm szepan" und „Viszontlátásra"

Meine Tipps:
1. *Bei Gelegenheit das wunderschöne Széchenyi-Heilbad mitten in Budapest besuchen und im alten Gellért-Hotel an der Kettenbrücke wohnen, das seinen Gästen ebenfalls ein historisches Schwimmbad und viel Jugendstilambiente aus der Kaiserzeit bietet.*
2. *Der schönste Ort am westlichen Plattensee ist für mich Keszthely in Verbindung mit dem nahe gelegenen Kurstädtchen Hévíz, das an einem Thermalsee liegt. Die Wassertemperatur beträgt dort im Sommer bis zu 35 Grad, im Winter immerhin bis zu 23 Grad.*

Sowjetunion im November

Nun weiter nach Osten, genauer gesagt auf einen Wochentrip nach Sankt Petersburg (damals noch Leningrad), Kiew und Moskau.

Auch hier will ich nur einige Szenen beschreiben, die diese Flugrundreise einmalig machten. Damals wie heute ist die Eremitage in Sankt Petersburg ein Gebäudetraum, alles geschmackvoll renoviert und Exponate vom Feinsten. Ebenso ist der 30 Kilometer vor den Toren der Stadt gelegene Peterhof eine grandiose Anlage. Auch Kiew ist eine wunderschöne Stadt, die uns um diese Jahreszeit noch bei milden Temperauren um die 15 Grad und buntem Herbstlaub empfing, als in Sankt Petersburg die Newa schon zugefroren war. Zugegeben: in Leningrad war das Essen etwas eintönig. Dasselbe Buffet von früh bis spät, und als Beilage oder Gemüsesalat: Karotten, Erbsen oder Karotten mit Erbsen bzw. Erbsen mit Karotten.

Wir konnten dies ein wenig durch den Intershop des Hotels kompensieren, wo es preiswert Krimsekt zu kaufen gab. Ein „Krimskoye" in Ehren kann niemand verwehren. Wir wohnten im 15. Stock und hatten einen grandiosen Blick auf die frostige Ostsee, ließen uns abends ein heißes Bad ein und genossen dabei die „Prickelbrause".

Aber weiter. Der Inlandsflug nach Kiew startete am frühen Morgen und schien in der Touristenklasse irgendwie überbucht. In der Folge wurde uns vorne in der besseren Klasse (den Begriff Business-Class zu verwenden, wäre vermessen) ein Platz zugewiesen, wo die Sitze immerhin etwas breiter waren. Dann begann offensichtlich das Auffüllen mit Passagieren auf der Warteliste, denn plötzlich zwängt sich eine sehr beleibte Damen im dicken Mantel auf den Mittelplatz. Abzulegen gedenkt sie nicht, obwohl der Flug gut anderthalb Stunden dauert. Vor sich hält sie fest umklammert einen großen Karton, der den gesamten Flug über dort verblieb, was nicht nur aus Sicherheitsgründen ungewöhnlich, sondern auch unbequem ist.

Wir gehen in die Luft und eine Stewardess reicht jedem ein Plastikschälchen Wasser mit Papierserviette. Fast habe ich schon meine Finger darin, um meine Hände damit zu reinigen. In letzter Sekunde sehe ich, daß andere Passagiere zügig daraus trinken. Es sollte die einzige Verpflegung auf dem Flug bleiben. Nur wenig später vernehme ich neben mir plötzlich ein leises Fiepen. Ungläubig starre ich auf den Karton, den meine inzwischen transpirierende Sitznachbarin immer noch stoisch auf den Oberschenkeln hält. Kein Wunder, werden da doch gerade lebende Küken transportiert.

Der Weiterflug von Kiew nach Moskau verzögerte sich um gute zwei Stunden, da in der russischen Hauptstadt wegen starkem Nebel der Flugverkehr vorübergehend ausgesetzt wurde. Dies war schon am Vortag der Fall gewesen, denn sämtliche Wartehallen waren überfüllt mit gestrandeten Reisenden, die aus Platzmangel schon auf dem Boden campierten. Gerade als ich mich dazu setzen wollte, winkten uns Flughafenbedienstete in einen Seitenraum, wo noch Stühle frei waren. Noch peinlicher wurde die Vorzugsbehandlung, als wir, die „Wessis", schließlich den letzten und einzigen Abflug an diesem Tag erhielten. In der Tat hatte ich so einen dichten Nebel noch nie erlebt. Als ich gerade die Bodenmarkierung des Rollfeldes erspähe, setzt die Tupolev auch schon heftig auf. Hut ab vor der Flugleistung und danke an die starken Heckdüsen dieses Flugzeugtyps.

Aufgrund der verlorenen Zeit hatten wir leider keine Gelegenheit mehr, im berühmten Kaufhaus GUM etwas zu schlendern und einzukaufen. Es blieb auf die Schnelle nur noch eine Metrofahrt und eine kurze Besichtigung der Basilius-Kathedrale. Morgen sollte dann der Kreml folgen und abends wollten wir natürlich ins Bolschoi-Theater. Regulär waren die Karten für Ausländer leicht an der Hotel-Rezeption zu haben. Sie waren für Ausländer aber auch viermal so teuer wie für Sowjetbürger. Wir wollten es darauf ankommen lassen und direkt vor Ort ein Ticket ergattern. Doch irgendwie haperte es mit dem Vorverkauf bzw. der Restplatzbörse an der Abendkasse. Alternativen gab es nicht, denn am folgenden

Tag würden wir schon den Heimflug antreten. Was es aber gab, war unverkennbar eine Art Schwarzmarkt. Erste Annäherungen neunzig Minuten vor Beginn der Aufführung ergaben, obwohl die gegenseitige Verständigung mangels gemeinsamer Sprachkenntnissen gegen Null ging, daß der Preis noch erheblich über unseren Preisvorstellungen lag. Also noch etwas warten. Brr, es war inzwischen grimmig kalt geworden, und es wurde mir zunehmend egal, was die Karten kosten würden.

Mein Mann und der Verkäufer verschwanden daraufhin für gut zehn Minuten hinter einem Bauwagen seitlich des Opernhauses. Entweder die Verhandlungen verliefen äußerst zäh oder derjenige hatte meinem Gatten längst eins übergezogen und war mit der Brieftasche auf und davon. Gerade als ich unruhig in Richtung Bauwagenverschlag gehe, kam die Entwarnung. Mein Mann wedelte mir mit zwei schwach bedruckten winzigen Papierstreifen entgegen. Das sollten die Eintrittskarten sein? Ich kann ein wenig das kyrillische Alphabet lesen und mithin konnte ich während des Anstehens wenigstens das Datum entziffern. Der Kartenkontrolleur am Einlaß rückte näher. Was, wenn dies gefälschte Tickets sind? Ballett adieu? Aber, alles gut. Schon sind wir drin und genießen das opulente Interieur des renommierten Opernhauses. Die Plätze waren hervorragend. Erster Balkon, erste Reihe Mitte – was will man mehr. Die Zeit verging wie im Flug.

Aber eine noch größere Überraschung sollte nach der Vorstellung auf uns warten. Die U-Bahn Station war nur ein paar Schritte vom Bolschoi entfernt, aber die gesamte Umgebung war nun abgesperrt und alle fünfzig Meter stand ein Soldat am Straßenrand. Was konnte passiert sein, wurden die Grenzen geschlossen? Die Leute um uns herum gehen achtlos weiter. Wir tun es ihnen gleich und als ich einen Soldaten anlächle, lächelt dieser zurück. So schlimm konnte es also nicht sein. Des Rätsels Lösung war ganz einfach. Zwei Tage vor den üblichen Feierlichkeiten zur Oktoberrevolution (findet wegen des seiner Zeit noch verwendeten Julianischen

Kalenders im November statt), wurde nachts nahe des Roten Platzes stets der Aufmarsch geprobt, daher die vielen Truppenteile.

Mindestens ebenso verdutzt waren wir, als am Folgetag ein Polizist mit der obligatorischen „Uschanka-Pelzmütze" mitten auf dem Roten Patz die weinroten Schuhe meines Mannes kaufen wollte. Er pirschte sich vermeintlich unauffällig immer näher heran und wir dachten zunächst, daß er uns die Videoaufnahmen untersagen wollte. Stattdessen öffnete er plötzlich seinen Mantel und zeigte auf einen am Innenfutter festgesteckten Hundertmarkschein. Er wollte und konnte also sogar in harter Währung bezahlen. Ungeachtet davon, ob der Schein echt und er vielleicht nur eine Art Lockvogel war, konnten wir ihm die Schuhe in Ermangelung eines Ersatzpaares aber nicht geben. Was es nicht alles gibt.

Meine Tipps:
1. *Wer das ultimative Flußerlebnis sucht, sollte eine Reise durch Sibirien auf Lena, Ob oder Irtysch machen. Diese Schiffspassagen, die vorwiegend den Einheimischen als Transportmittel in die entlegensten Winkel dienen, sind noch sehr ursprünglich und führen in die letzten unbekannten Reviere und früheren Sperrgebiete Rußlands bis an den Polarkreis. Je nach Passagierklasse liegt der Preis pro Person mit Flug ab Moskau bei rund 3.800.- Euro.*
2. *Wie wäre es mit einem Besuch im „Sternenstädtchen"? Etwas außerhalb von Moskau, in „Swjosdny Gorodok", befindet sich das russische Kosmonauten-Trainingszentrum. Dieses kann zeitweise mit Führung besichtigt werden. Dabei sind auch Begegnungen mit aktiven Protagonisten (bis hin zu Alexander Gerst) und die Teilnahme an Anlagentests möglich, wie etwa einem Höllenritt in der Zentrifuge oder einem Tauchgang in das Unterwasserbecken des Hdyro-Laboratoriums. Ergänzend sind auch Düsenjäger- und Parabelflüge (ab 6.000.- Euro) buchbar. All diese Angebote sind nicht ganz billig. Auf diese Abenteuer sollte man sich allerdings*

auch nur einlassen, wenn man einen sehr belastbaren Kreislauf sowie Magen- und Darmtrakt hat.

3. *Ebenso spektakulär ist die Buchung einer Reise nach Baikonur in Kasachstan, um live bei einem Raketenstart dabei zu sein (Stichwort „Go East Reisen"). In der Regel finden diese alle sechs Monate statt. Je nach Wetterlage sind auch nächtliche „Take-offs" möglich. Dann bebt nach dem Zünden der Triebwerke nicht nur minutenlang die Erde, sondern wird das Abheben auch zum regelrechten Feuer- und Lichtspektakel.*

4. *Wer nur mal in die Raumfahrt reinschnuppern möchte, besucht lieber die Cité de l'espace in Toulouse oder die Europäische Weltraumorganisation ESA in Darmstadt.*

Lambada auf Ski

Wie es unmittelbar nach der Öffnung in den Ländern des ehemaligen Ostblocks zuging, erlebten wir im Skiurlaub in Bulgarien anno 1991. Der Reisepreis war einfach zu verlockend, um es nicht auszuprobieren. Alleine für das Hotel hätten wir anderenorts das ausgeben müssen, was hier alles inklusive war. Nämlich Flug, Unterkunft mit Halbpension, Skikurs und Lifttickets.

Wir landen in Plovdiv und fahren gut anderthalb Stunden mit dem Bus nach Pamporovo in die wunderschönen, tief verschneiten Rhodopen, einem Mittelgebirge entlang der griechisch-bulgarischen Grenze. In einem Anflug von Unwissenheit tauschen wir noch am selben Abend bei einem Hotelmitarbeiter privat 100.- DM in bulgarische Leva. Damit hatten wir so viel heimische Währung in der Hand, daß wir bis zum Schluß kaum alles ausgeben konnten. Es war wie ein Spiel, das wir „Mankomania" nannten. Davon sind wir schließlich in traditionellen Privatrestaurants essen gegangen, wo abends eine Liveband inbrünstig Hirtenklänge auf dem Schweinsblasen-Dudelsack zum Besten gab. Außerdem leisteten wir uns auf dem Skihang regelmäßig eine Art vegetarische Pizza, die ähnlich einem „Ski-Drive-In" aus einer Bude direkt auf die Piste gereicht wurde. Es gab nur eine Sorte, aber was macht's, wenn täglich die Sonne lacht. Manche Skihänge bzw. Liftpfeiler waren zu unserer Überraschung mit Musik beschallt, wenngleich die kleinen Lautsprecher krächzend unterdimensioniert waren. Am liebsten wedelten wir zum „Lambada-Rhythmus" die Pisten herunter.

Sehr günstig konnte man beim örtlichen Skilehrer auch nagelneue Skischuhe einer renommierten österreichischen Marke beziehen. Im Vergleich zu meinen Alten, waren sie bequem und warm wie Hausschuhe. Auf die naive Frage, wo er diese zum Preis von nur 100.- DM – in Deutschland kosteten sie umgerechnet 250.- DM – denn her habe, ein Lächeln. „Sagen wir, die sind vom Lastwagen gefallen". Wie auch immer, von da an ließen sich die Spuren durch den Schnee noch besser ziehen.

Mittags bestand jedoch das Risiko, im Sessellift hängen zu bleiben. Dann nämlich brach regelmäßig die Stromversorgung zusammen. Der Energiebedarf der Lifte zusammen mit den Herdplatten und Backöfen der Hotels war einfach zu viel des Guten für die schwachen Leitungen und Sicherungen. Abends gab es ebenfalls den ein oder anderen Blackout, dann wurden im Speisesaal die Kerzen angezündet und das Toastbrot statt im Kontaktgrill (Toaster gab es ohnehin keine) über dem offenem Feuer am Spieß geröstet.

Apropos Zimmerheizung. Diese war entweder an oder aus, was teils daran lag, daß auch die Regler so dick mit beiger Ölfarbe überstrichen waren, daß eine Drehung nicht mehr möglich war. Kein Wunder, waren die Errungenschaften des Sozialismus ein Jahr nach dem Mauerfall doch noch sehr präsent. Wir entschieden uns ganz pragmatisch für Heizung an und zum Ausgleich Fenster auf. Alles nicht luxuriös, aber sehr liebenswert.

Auf dem Indischen Subkontinent

16.00 Uhr, kleine Teepause. Ich schaue aus dem Bürofenster über eine tropische Gartenanlage hinweg und sehe zwischen einigen Autos ein Kamel die staubige Ausfallstraße entlang traben. Täglich zieht es um diese Zeit, angetrieben von einem Fuhrmann, stoisch einen Wagen mit Gerümpel hinter sich her. Die Tochtergesellschaft der Pharmafirma, für die ich tätig bin, liegt etwas außerhalb von Karachi, das heute rund 15 Millionen Einwohner zählt. Beruflich bin ich bereits zum zweiten Mal für mehrere Tage in Pakistans größter Stadt.

Das Leben ist hier für Europäer Fluch und Segen zugleich. Einerseits genießt man gewisse Privilegien wie ein großes Haus mit Personal und Pool, andererseits ist die Hygiene- und Sicherheitslage stets kritisch. Als Transportmittel benutzt man daher ein starkes, teils gepanzertes Fahrzeug und ist stets von Wachpersonal umgeben. Bin ich hier auf Dienstreise, übernachte ich aus Sicherheitsgründen lieber im Haus des lokalen Geschäftsführers, weil es auf internationale Hotels immer wieder Anschläge mit Schußwechsel gibt. Das besagte Privatgebäude ist nach europäischen Maßstäben riesig. Vor allem aber ist es von einem gemauerten Sicherheitsring mit 24-Stunden-Wachdienst umgeben. Das Wachpersonal hält sich stets innerhalb und außerhalb des Hauses auf. Gleiches gilt natürlich auch für das Firmengelände.

Ich bin erst gegen 1.00 Uhr nachts mit Lufthansa gelandet, war nach Abholung gegen 2.30 Uhr im Bett, höre aber um 4.30 Uhr durch das geschlossene Fenster schon den Muezzin rufen. Wie immer war es eine kurze Nacht und als ich das Rollo meines Gästezimmers im ersten Stock hochziehe, dreht unter mir gerade ein bärtiger Typ in Armeekleidung und einer Art Kalaschnikow über der Schulter seine Runde. Alles wie immer. Um 8.30 Uhr geht es in Richtung Firma, da um 9.00 Uhr schon zehn Herren auf meinen Vortrag zum Thema „Value Based Management" warten.

Trotz allem bin ich gerne hier, denn ich schätze neben dem schottischen Geschäftsführer die lokalen Mitarbeiter sehr und sie bringen mir als nicht-muslimische Frau den größtmöglichen Respekt entgegen. Nach der Arbeit wird auch mal ein sehr persönliches Wort über das Privatleben gewechselt und die Weltlage diskutiert.

Der Weiterflug auf die Philippinen sollte nicht so stressig werden, da dieser erst gegen 12.00 Uhr Mittag stattfindet. Aber bei Reisen innerhalb Asiens kann der Flug schon mal ein Abenteuer sein. Dabei ist es egal, ob man Touristen- oder Business-Class fliegt. Besonders in Erinnerung geblieben ist mir besagter Flug mit PIA International, der nationalen Fluggesellschaft Pakistans, von Karachi nach Manila. Ich bin gewiss nicht ängstlich und habe schon so manches erlebt. Eine alternative Fluglinie gab es auf dieser Strecke seinerzeit ohnehin nicht.

Inschallah

Was ich meine? Nachdem mich eine charmante Hostess mit Schleier am Hütchen zu meinem Sitz in der geräumigen Business-Class geleitet und mir zum Erfrischungsgetränk den Menu-Plan zur Auswahl gereicht hatte, heißt es wie üblich „All doors in flight" und die Maschine rollt über die holprige Piste langsam zur Start-bahn. Das Anschnallzeichen leuchtet auf und normalerweise sitzt dann auch das Flugpersonal angegurtet auf seinen Plätzen. Ein Crewmitglied bleibt jedoch mit ausgebreiteten Armen unmittelbar vor mir stehen. Aus dem Lautsprecher meldet sich der Kapitän zu Wort. Er erklärt kurz die Flugroute und beendet seine Ansprache mit den Worten (übersetzt) „... und wenn Allah es will, werden wir gegen 17.00 Uhr Ortszeit sicher in Manila landen. Lasst uns beten ". Unvermittelt ertönt eine Koransure vom Band. Kaum ist diese verklungen, drückt er den Schubhebel durch und die Maschine rattert die endlos erscheinende Rollbahn des Jinnah International Airport entlang, bis sie endlich abhebt. Dabei ist das in die Jahre gekommene Inventar wie die Handgepäckfächer über den Köpfen der Passagiere derartigen Vibrationen ausgesetzt, daß sie von besagter Stewardess mit erhobenen Armen bzw. Händen rechts und links zugehalten werden müssen, weil die Schließriegel nicht mehr funktionieren. Die bildhübsche Stewardess hält während des gesamten Startvorganges mit einem leicht gequälten Lächeln durch, bis die Maschine in den Gleitflug geht. Dann eilt sie unvermittelt in Richtung Pantry-Küche, um routiniert mit dem Bordservice zu beginnen. Das Mittagessen war jedenfalls vorzüglich.

Wem immer sei Dank, daß auch diese Maschine schließlich heil und pünktlich in Manila gelandet ist. Manchmal haben „Home-office" und „Videokonferenz" eben auch etwas Gutes.

Nepal von unten

Bei einer privaten Nepalreise, die wir mit der Fluglinie Biman Bangladesh gebucht hatten, war das Fluggerät der Airline durch-aus in Ordnung. Allerdings gab es nur eine Musikkassette an Bord, die über die gesamte Flugzeit von 12 Stunden rauf und runter lief. Wer sich unter dem immer gleichen, zumindest für europäische Ohren sehr gewöhnungsbedürftigen Gedudel ähnlich Gamelan und Bollywood etwas vorstellen kann, weiß, wovon ich spreche. Kurz vor einem gefühlten Nervenzusammenbruch endlich die Zwischenlandung in der Landeshauptstadt Dhaka. Eigentlich hätte der Flug zwei Stunden später nach Kathmandu weitergehen sollen, aber die einzig verfügbare Großraummaschine schien defekt und es steht nur eine kleinere Ersatzmaschine bereit. Bis wir das realisieren (scheint eher der Regelfall, als die Ausnahme), haben die mitreisenden indischen Geschäftsleute schon alle Plätze belegt und wir haben das Nachsehen.

Was jetzt? Kurzerhand nimmt das Airline-Personal den restlichen Passagieren mit Nachdruck einfach die Pässe ab, eine durchaus ungute Erfahrung. Anschließend werden wir für 24 Stunden in ein Airline-Hotel in die Mitte der Zehnmillionenstadt verfrachtet. Zwar haben wir keine Pässe mehr, nehmen aber dennoch die Chance war, diesen Teil der sogenannten Dritten Welt einmal für einen Nachmittag zu erleben. Also persönlich dahin zu schauen, wo die Nachrichtensender ansonsten nur von Überschwemmungen zur Monsunzeit, Hungersnöten und ausgebeuteten Textilarbeiterinnen berichten. Der Himmel ist bedeckt, die Luftfeuchtigkeit unangenehm hoch und die Teppichböden im Hotel scheinen trotz Klimaanlage stellenweise moderig und angeschimmelt.

Eine dreistündige Taxifahrt durch die City und der Blick aus unserem Fenster im 10. Stock bestätigen die Armut und Bedürftigkeit dieser Menschen. Abgesehen vom Präsidentenpalast aus rosa Sandstein und seinen gepflegten Gärten, die öffentlich zugänglich sind, wirken die überfüllten Straßen schmutzig-schwarz. Und ja, es gibt sie tatsächlich: Unfallopfer bzw. körperbehinderte Menschen ohne Unterkörper oder verkrüppelten Extremitäten, die sich einzig auf einer Art Rollbrett mitten im Verkehr fortbewegen und aufs Betteln angewiesen sind. Die näheren Umstände und Lebensweisen der Bangladescher wären ein Thema für sich und würden den Rahmen sprengen.

Unser Ziel bleibt Nepal bzw. Kathmandu, das rund eine Million Einwohner zählt. Obwohl wir mit einem Tag Verspätung in unserem Hotel eintreffen, werden wir herzlich mit Tee und Schnaps zur Nervenstärkung empfangen. Die Übernachtung im „Rara" kostet gerade mal 9.- US-Dollar am Tag inklusive Frühstück. Die Steinböden werden täglich mit Essig geschrubbt und von der Dachterrasse aus haben wir einen grandiosen Blick auf den Himalaja bis hin zum König der Achttausender, dem Mount Everest. Der November ist einer der besten Reisemonate, da bei geringer Luftfeuchte gute Sichtverhältnisse herrschen. Nachts ist es auf 1400 Metern Höhe freilich empfindlich kalt und wir scherzen mit der Erkenntnis: Morgens um 9.00 Uhr Gefrierbrand, um 10.00 Uhr Sonnenbrand – so krass sind die Temperaturunterschiede. Will heißen, den „Morning-Tea" kann man auf der Terrasse bei 7 Grad nicht ohne Anorak nehmen, das folgende Frühstücksei bei Sonnenschein dann bereits im T-Shirt bei 18 Grad.

Zwar ziehen die Achttausender Bergsteiger magisch an, wir aber begnügen uns im Hinblick auf die begrenzten Kletterkenntnisse mit dem Blick auf die weißen Gipfel und wollen Nepal lieber vom Boden aus entdecken.

Dafür haben wir einen privaten englischsprachigen Fahrer samt Auto gemietet, der uns die nächsten acht Tage durch das Land zu bestimmten Highlights fahren soll. Wie zum Beispiel zu den Leichenverbrennungen im Pashupatinath oder zum Dakhshinkali Tempel, wo täglich hunderte von Tieropfer-Zeremonien stattfinden. Hier rinnt das Blut nur so durch die Abflußrinnen. Vor allem aber wollen wir bis an die indische Grenze zum Chitwan-National Park gelangen, der sich über rund 1000 Quadratkilometer erstreckt. Die Fahrt dorthin dauert bis in den Nachmittag und auf abenteuerlicher Strecke konkurrieren wir mit bunten Überlandbussen und vollgepackten Lastwagen. Manche sind so überladen, daß die Restware in einem Netz noch hinten heraushängt. Das kann auch mal ein ganzes (lebendes) Rind sein. Die Straßenqualität tut ein Übriges, und wir sind froh, ohne Reifenschaden an Ort und Stelle zu sein. Am Eingang des Nationalparks, einer Rangerhütte, steigen wir aus, denn nun wird unser Gepäck auf bereitstehende Elefanten verladen. Hinüber zum Camp gibt es keine Straße, der Weg führt einzig über den Fluß. Unser Fahrer bleibt dort für die nächsten zwei Tage zurück. So schaukeln wir denn auf dem Rücken eines Dickhäuters ans andere Ufer. Dort stehen Helfer bereit, die unsere Taschen weiter zu einer Sammelstelle schaffen, die offensichtlich Camp-Mittelpunkt und Openair-Restaurant zugleich ist.

Gebucht haben wir zwei Übernachtungen mit unterschiedlichem Ambiente. Wir entscheiden uns spontan dafür, zunächst die Primitivere im Dschungel-Camp zu nehmen und am Folgetag diejenige in der Bambushütte mit Dusche. Nach dem Abendessen in internationaler Gesellschaft ist es bereits dämmrig und ein Guide macht sich mit uns auf den knapp einen Kilometer langen Weg zum „Hängematten-Resort".

Unterwegs begegnet uns diverses Rotwild, weil diese Zone einmal zum königlichen Jagdrevier gehörte. Als wir schließlich ankommen, brennt bereits ein großes Lagerfeuer und wir empfinden das Zeltdach über den Schlafpritschen ganz Safari-Like. Ansonsten kein menschliches Geräusch, nur der Urwald läßt uns aufhorchen. Ich blicke in das große Rund, um das zehn weitere Zeltdächer platziert sind. Auf meine Frage, wann denn die anderen Gäste kommen würden, meint der Guide schmunzelnd: "Gestern waren hier noch 20 Japaner, heute sind wir ganz alleine." Okay, auch gut, aber mit alleine meinte er wirklich alleine. Schon zehn Minuten später wünschte er uns eine gute Nacht und verschwand im Dunkeln. Das Feuer würde bis in die Morgendämmerung brennen und sollte ungebetene Gäste aller Art abschrecken.

Wohl wissend, dass es in diesem Gebiet wild lebende Nashörner und sogar Tiger gibt, wird uns gerade etwas mulmig. Aber gut, wir wollten es ja so. Noch lange lauschen wir in die Nacht und versuchen jedes Knacken zu definieren. Es ist schon hell, als wir erwachen und die Reste des Feuers nur noch vor sich hin schwelen.

Unser Guide ist schon dabei, das Frühstück für uns zu machen. Was zunächst wie eine Suppe mit Eieinlage, um nicht zu sagen wie Spermafäden aussieht, entpuppt sich als undefinierbare (Tofu?)Masse. Lieber nicht. Stattdessen bevorzugen wir Kekse und Tee. Ohne möglicherweise verdorbenen Magen starten wir zur Elefantensafari, genauer gesagt zur Nashorn-Sichtung.

Mehrere Jumbos stehen bzw. sitzen schon bereit, jeweils mit Sitzkörben rechts und links auf Genickhöhe ausgestattet. Als der Mahut das Zeichen zum Aufbruch gibt und mein Reittier beim ausladenden Aufstehen kräftig mit den Ohren wedelt, berühren sie mit Schwung gar meine Knie.

Das Schutzgebiet ist eines der wenigen, wo noch Panzernashörner leben. Schätzungsweise 500 bis 600 Exemplare sollen hier geschützt leben, und tatsächlich brauchen wir nicht lange zu suchen. Zu Fuß, ohne den erhöhten Ausblick, wären wir in dem unwegsamen dichtbewachsenen Waldgelände chancenlos. Zudem können diese Kolosse recht schnell laufen, dabei wiegen sie bis zu zweieinhalb Tonnen. Unnötig zu erwähnen, wie gefährlich sie im Angriffsfall für den Menschen sein können. Im Grün raschelt es und kurz darauf kommt Bewegung in eine ganze Gruppe von Rhinozerossen. Elefant und Rhino respektieren sich gegenseitig und so traben sie nun gut sichtbar ziemlich gelassen vor uns her. Deutlich kann man jetzt die auf Rücken und Schultern verteilten Plattenpanzer sehen. Die Gruppe biegt unvermittelt ab und bald darauf stoßen wir auf ein Muttertier mit seinem Kalb. Hier ist doppelte Vorsicht geboten. Wir bleiben etwas zurück, um nicht zu stören.

Letztendlich steht diese Spezies nur deshalb auf der Liste gefährdeter Tierarten, weil es immer noch Menschen gibt, die sich von dem aus Keratin bestehenden Horn (in granulierter Form) laut TCM/Traditioneller Chinesischer Medizin) eine Potenzförderung versprechen. Was für ein Nonsens.

Einmal steigt unser Mahut ab und deutet auf Tatzenspuren im Sandboden um eine Pfütze. In der Tat Tigerspuren. Den König des Dschungels haben wir aber leider nicht zu Gesicht bekommen.

Nach einer Tour im Einbaumkanu kehren wir am späten Nachmittag zurück in das Camp und beziehen, vorbei an einer handtellergroßen, im Netz hängenden fleischigen Spinne, unsere Bambus-Doppelhütte. In diesen Breiten wird es schnell dunkel und kaum haben unsere schon vorausgegangenen Hüttennachbarn das Schlafzimmer betreten, ertönt ein gellender Schrei. Während ich lausche, setzte ich mich aufs Bett und halte inne. Da wölbt sich etwas Rundes unter der Bettdecke, daß sich seltsam weich anfühlt. Mein Mann greift die Taschenlampe und ich reiße in Erwartung einer Schlange am langen Arm mutig die Bettdecke zurück. Da liegt eine ... Wärmflasche. Was für eine schöne Geste, aber wer denkt denn an so etwas. Ohne die zu Recht erschrockene Frau Nachbarin, wäre es mir sicher ebenso gegangen. Nun aber müssen wir herzlich lachen. Geschlafen haben wir jedenfalls hervorragend.

Meine Tipps:
1. *Einzelvisa von Nepal nach Tibet sind so gut wie nie zu bekommen. Die Tour zum Basislager des Mount Everest mußte also entfallen. Ein kleiner Ersatz bei schönem Wetter ist jedoch ein Himalaja-Rundflug. Hier kommt man der Kette der Achtausender sehr nahe. Gute Sicht ist garantiert, denn es werden nur Fensterplätze vergeben.*
2. *Die Nepalesen sind sehr geschickte Handwerker und Schneider. Fast über Nacht fertigen sie ganze Maßanzüge zu kleinem Preis. Lassen Sie sich von den etwas finster und schmuddelig anmutenden Werkstätten und der archaischen Stromversorgung nicht abschrecken. Da hängt ein Bügeleisen schon mal an zwei zusammengeknoteten Drähten, von Ummantelung des Kabels keine*

Spur. Mein Mann ließ sich einen hell-beigen Gehrock anfertigen,
der ohne Flecken ausgehändigt wurde. Alles Handarbeit.

3. *Unser privater Fahrer war stets pünktlich und zuverlässig an*
    jedem vereinbarten Treffpunkt und sein Auto gut gepflegt. Über-
    dies sprach er passabel Englisch, war hinsichtlich unserer
    Wünsche stets flexibel und auch anderen Personen gegenüber
    hilfsbereit. Ich kann diese Art des individuellen Transports und
    der Reisebegleitung nur empfehlen, da man sich so ganz auf das
    Ambiente konzentrieren kann und extrem viel über Land und
    Leute erfährt.

Alles Walzer – live vom Wiener Opernball

Ankunft auf dem Wiener Hauptbahnhof gegen 16.40 Uhr

Der Verkehr ist wegen des herrschenden Schneechaos fast zusammengebrochen und es gibt nicht einmal mehr ein Taxi. Als endlich eines kommt, entpuppt sich der Fahrer als erklärter Opernballgegner.

Gegen 17.40 Uhr im Hotel

Schnell Koffer auspacken und ins Restaurant. Mein Gatte schafft sich mit Frittaten-Suppe, Wiener Schnitzel und Sachertorte erst einmal eine gute Grundlage für die bevorstehende lange Nacht. Meine Gedanken sind schon längst bei Make-up und Frisur, da immer noch ein Schneesturm tobt. Wozu gibt es Haarlack, „viel hilft viel" und noch ein wenig Goldlack oben drauf .. "baasst schoo". Währenddessen kämpft sich mein Mann in seinen Frack, was alleine fast nicht möglich ist. Meine Herren, Sie lächeln, dann probieren Sie es einmal ....

Abfahrt im Kleinbus kurz vor 20.00 Uhr

Einbahnstraßen und diverse Sicherheitssperren lassen uns schließlich eine halbe Stunde zwischen Oper und Rathaus hin und her fahren. Jetzt bleibt nur noch der Weg direkt durch das Hofburg-Areal und siehe da: niemand hält unseren Fahrer auf. Aussteigen in großer Robe und hochhackigen Pumps ist angesichts einer zehn Zentimeter hohen rutschigen Schneeschicht gar nicht so einfach. Wir gelangen zum Eingang und erreichen im Gefolge des „rot-weiß-rot gestreiften" damaligen Außenministers Schüssel schließlich die Garderobe.

20.40 Uhr – entscheidende Minuten

Wir postieren uns auf der Paralleltreppe zum Hauptaufgang, wo schon Presse, Funk und Fernsehen lauern, um die Ehrengäste abzupassen. Unauffällig beobachtet jeder jeden; er/sie könnt' ja prominent sein. Und da kommen auch schon „Mörtel" Lugner und sein Ehrengast die Treppe herauf, gefolgt von unzähligen „bandagierten" und mit Orden behängten Ministern, Militärs, Botschaftern, und Jung-Adeligen. Ja, man möchte meinen, daß demnächst wieder die Aristokratie ausgerufen wird. Nachdem der Bundespräsident mit Gattin sowie andere Würdenträger den seinerzeit grünen, inzwischen wieder roten Teppich herauf geschritten sind und in der Ehrenloge Platz genommen haben, ertönt punkt 21.00 Uhr die Nationalhymne, gefolgt von der Europahymne. Alle Gäste erheben sich.

Als etwas später die eigens komponierte Debütanten-Fanfare erklingt, schreiten rund 150 Paare höchst konzentriert und angespannt über das Parkett. Die Krönchen der Damen wurden meist von namhaften Designern entworfen und sind mit Swarovski-Steinen besetzt. Auch Lagerfeld gab sich in puncto Krone schon einmal die Ehre. Der Saal ist traditionell mit Blumen aus San Remo geschmückt. Anläßlich des 100. Todesjahres von Johann Strauß Sohn lautet das Motto dieses Jahr „Rosen aus dem Süden".

Von unserem Platz aus in Reihe 5, Balkon Mitte, haben wir das Geschehen gut im Auge. Ein Startenor trällert seine Arie und das Kinderballett tanzt erfrischend zu einer Polka. Kamerasurren, Blitzlichtgewitter. Hier sitzt man nun und fühlt sich, als ob gleich der Kaiser herein käme. Naja, so ist es nun auch wieder nicht, aber als der Conférencier dann schließlich die magischen Worte „Alles Walzer" sagt und das Orchester die „Schöne blaue Donau" anstimmt, läuft einem doch ein süßer Schauer über den Rücken. Hunderte Tanzpaare verschmelzen drehend in einer Symphonie in Schwarzweiß ... „Werd ich zum Augenblicke sagen: Verweile doch! du bist so schön!"

Obwohl der Saal und das gesamte Opernhaus sehr weitläufig sind, droht auf dem Parkett bei über 5000 Besuchern Erstickungsgefahr. Also nichts für Leute mit Klaustrophobie!

Nun wollen auch wir es wissen und streben der Tanzfläche zu. Es erklingt der Kaiserwalzer. Schon nach zwei Drehungen spüre ich den ersten Ellenbogen im Kreuz. „Pardon", man übt sich in Nachsicht, zeigt Anstand; immer nur lächeln. Alle Befürchtungen sich beim Links-Walzer zu blamieren verfliegen, denn die Füße sieht ohnehin keiner mehr. Somit ist der Wiener Opernball sicher die perfekte Tanzveranstaltung für professionelle Nichttänzer! Trotzdem man eigentlich nur auf der Stelle tritt, versuchen einige doch immer wieder sich in Richtung TV-Kamera zu schieben. Man möchte ja schließlich im Bild sein.

Bei der nationalen Einteilung und Auswahl der Debütantinnen und Debütanten werden übrigens strenge Kriterien angelegt: Alle müssen passable Tänzer sein und vorab ein mehrtägiges Training absolvieren. Die meisten Paare (Altersbeschränkung 24 Jahre) repräsentieren die „höheren" Töchter und Söhne der Wiener Gesellschaft, ein weiteres Viertel die restlichen österreichischen Bundesländer, der Rest verteilt sich über die ganze Welt. Diese

Aufteilung mag sich von Jahr zu Jahr etwas ändern, zeigt aber den Stellenwert der Veranstaltung. Unter den deutschen Teilnehmern ist auch mal ein „von Soundso". „Von-sein" schadet bei der Auswahl natürlich nicht.

Irgendwann fließt alles ineinander. Eine Damenkapelle spielt im Marmorsaal, im Kellergeschoß befinden sich die Disko und ein „Heurigen"-Lokal. Anderswo versucht man sein Glück beim Roulette oder am Glücksrad. Längst glühen die Füße und nur noch ein eiskaltes Mineralwasser bietet halbwegs Erfrischung. Jetzt bloß keinen Champagner, sonst ist die Nacht gelaufen. Die Luftzirkulation ist ob der Besuchermassen ziemlich überfordert. Lediglich im Wintergarten und in der Piano-Bar läßt es sich abkühlen. Ab und an fängt man amüsante Satzfetzen auf. Man prostet sich zu, und zieht weiter. Weibliche Ball-Profis bringen zur Entlastung der Füße übrigens zwei unterschiedliche Paar Schuhe mit.

Absoluter Stimmungshöhepunkt gegen 00.00 Uhr

Die Mitternachts-Quadrille steht an. Vier berühmte Motive aus der Fledermaus dienen als musikalische Vorlage und der „Caller" gibt sich redliche Mühe, die Tanzenden in Reih' und Glied zu halten, was jedes Jahr aufs Neue charmant mißlingt. Es soll sogar Leute geben, die dafür zuvor einen Privatlehrer engagieren. Manche halten tatsächlich bis zum offiziellen Ball-Ende um 5.00 Uhr früh durch, wenn das letzte Highlight, die abschließende „Blumenschlacht" ansteht. Dann wird der Blumenschmuck geplündert.

Wir machen schon gegen 2.30 Uhr schlapp

Wenn's am Schönsten ist, soll man gehen. Alle Gäste die den Ball verlassen, erhalten Aufmerksamkeiten diverser Sponsoren wie zum Beispiel eine Opernball-CD, Parfum, eine silberne Gedenkmünze, Casino-Chips etc. Vor allem aber ein Frühstückstütchen mit frischen Brötchen und den legendären Punschkrapfen einer bekannten Wiener Bäckerei. Und wem das nicht genügt, der geht traditionell zum nahe gelegenen Würstel-Stand, der durchgängig geöffnet hat.

Fazit: Der Wiener-Opernball ist geprägt von einer schönen und überraschend lockeren Atmosphäre, ohne Arroganz und Gafferei. Alle waren heiter und ausgelassen, ohne aus der Rolle zu fallen. Wie heißt es doch so schön: Das machen wir mal wieder, dann aber mit Schärpe und Ehrenorden am Gurgelknopf.

Meine Tipps:

1. *Der Kartenverkauf beginnt bereits elf Monate vor dem nächsten Ball. Es herrschen strenge Kleidungsvorschriften, so besteht für Herren Frack-Pflicht; auch Armbanduhren sind zugunsten von Taschenuhren verpönt. Auskünfte erhält man direkt über die Wiener Staatsoper bzw. via Internet unter dem Stichwort „Opernball". Aktuell kostet eine Eintrittskarte ab 315.- Euro, darin enthalten ist allerdings kein Sitzplatz. Eine Rangloge bietet Platz für zwölf Personen und liegt bei 23.500.- Euro. Hier werden auch Speisen und Getränke serviert.*

2. *Sollten Sie dem Wiener Lebensgefühl zur Kaiserzeit nachspüren wollen, dann sehen Sie sich doch mal die satirische ORF-Sendung „Wir sind Kaiser" mit Robert Palfrader und Rudi Rubinek an. Zeitlich versetzt wird die in der Hofburg vor Publikum aufgezeichnete Sendung auch im Deutschen Fernsehen über 3sat ausgestrahlt.*

3. *Oder machen Sie eine Fahrt mit dem „Majestic Imperator Train". Dieser Nostalgiezug aus der K&K-Zeit verkehrt im Lauf eines Jahres auf verschiedenen Strecken wie zum Beispiel zwischen Wien und Bad Ischl oder Wien und Opatija (Istrien). Während der Adventszeit wird auch die Kurzstrecke von Wien nach Hof angeboten, als „Silvester-Knaller" dampft er rund um Wien und bietet um Mitternacht durch Stopp auf einer Donaubrücke einen spektakulären Blick auf das Feuerwerk.*

Kleider machen Leute – Karneval in Venedig

Wie heißt es in der Operette „Eine Nacht in Venedig" so schön .... „Komm in die Gondel mein Liebchen, oh steige nur ein ...." Also auf zum Karneval nach Venedig und eintauchen in die Welt der rauschenden Feste, der Farben und opulenten Roben aus einer anderen Zeit. Das Wort „Karneval" setzt sich aus „carne vale" zusammen und bedeutet sinngemäß den Abschied vom Fleisch. Manche sehen darin auch ein Synonym für die sich anschließende Fastenzeit.

Man kommt sich vor wie ein Schausteller, wenn man mit einem Koffer voller Kostüme in Richtung Süden fährt. Denn will man der speziellen Atmosphäre und mehr als 800-jährigen Geschichte der venezianischen Gewänder und Masken nachspüren, wäre der Besuch der Lagunenstadt zu dieser Jahreszeit ohne Verkleidung nur halb so aufregend.

Während der Nachtzug über den Brenner rattert, überdenke ich noch einmal unsere Kreationen, die eher praktisch, denn glamourös ausfallen. Bei aller Romantik ist ein klassisch gerüschter Reifrock nämlich ganz schön sperrig und je nach Wetterlage im Zweifelsfall mehr ein feuchter Bodenfeger, als ein Hingucker.

Neben den klassischen venezianischen Masken, den Masken der Commedia dell'arte – der Dichter Goldoni läßt grüßen – und historischen Kostümen, findet man dort heute immer mehr eine Fantasie-Maskerade. Schließlich hat eine Halbmaske auch den Vorteil, daß man damit essen und trinken kann ohne sie abzunehmen, also ohne seine Identität zu lüften. Häufig sieht man bei Männern auch vogelähnliche Schnabelmasken. Ursprünglich diente der lange Schnabel der Pestmaske dazu, mit Kampfer getränkte Tücher, Minze oder Thymian darin zu verstecken, um sich beim Einatmen möglichst gut vor dem Pesthauch zu schützen.

Was für ein Anblick. Gleich am Ausgang des Bahnhofes Santa Lucia liegt der Canal Grande mit seinen Wasserbussen, den „Vaporetti". Der Kauf eines Tagestickets (rund 20.- Euro) lohnt sich in jedem Fall, denn vom Wasser aus ist Venedig einfach noch schöner und man fühlt sich unter den übrigen Einheimischen schnell „dazugehörig. Noch besser wirkt eine Einkaufstüte mit ein paar Lebensmitteln, und niemand wird Sie mehr als schnöden Touristen betrachten. Rund 300 Millionen kommen jedes Jahr, eine geradezu erschreckende Zahl.

Das Wetter in „La Serenissima" ist uns hold und es verspricht ein angenehm warmer, schöner Samstag zu werden. Zwar ist der Sonntag auch hier der zentrale Tag des Karnevalgeschehens, dann ist Venedig jedoch derart überfüllt, daß man kaum mehr treten kann. Zu Casanovas Zeiten dauerte der Karneval übrigens mehrere Wochen. Den Auftakt macht Anfang Februar stets eine weiße Taube aus Pappmaché, die an einem Seil vom Kampanile zum Dogenpalast gezogen wird, und es Konfetti regnet.

Wir frühstücken bei Goppion im „paradiso perduto". Ein freundlicher Kellner serviert gut gelaunt Kaffee, heiße Schokolade (mit Mini-Marshmallows!) und ein paar typisch italienische Cornettos bzw. Krapfen.

Gegen 10.30 Uhr ziehen wir als Colombine und Edelmann kostümiert zunächst durch das Cannaregio-Viertel mit seinen pittoresken authentischen Handwerksbetrieben, aber auch Edelgeschäfte wie Maßschneidereien und -schuhmacher sind hier ansässig. Morgens ist es hier noch herrlich ruhig und wir genießen das Flair der erwachenden Gassen. Im Jahr zuvor hatten wir unter anderem eine der letzten Brokatwebereien besucht. Auf den historischen Handwebstühlen sind meist nur zwei bis vier Zentimeter am Tag zu schaffen, daher sind die Kosten pro Quadratmeter oder kleinerer Ornamente entsprechend hoch. Das Motiv des Markuslöwen in der Größe 15 x 15 Zentimeter liegt bei 120.- Euro. Meister dieses Faches findet man zum Beispiel bei der Weberei Bevilacqua.

Der Karneval in Venedig spielt sich auf allen bekannten Plätzen ab, in den Höfen der Palazzi, in den Gassen und auf den Kanälen, wo verkleidete Menschen Tag und Nacht feiern, singen, tanzen und sich vergnügen – ein Festival der Sinne. Die Masken und Kostüme erfüllen heute mehr den Zweck, sich zu zeigen als sich zu verstecken. Sehen und gesehen werden, Augenpaare hinter den Masken treffen sich. Zu unserer Überraschung dauert es nicht lange, da werden die Fotoapparate auch auf uns gerichtet. Ganz automatisch schlüpft man so in (s)eine Rolle, wird zum Teil der Szenerie und schreitet fortan würdiger voran und grüßt posierend in die Menge. Während der Dreispitz und der knielange dunkelgrau-weinrote Samtumhang meines Mannes aus einem Kostümverleih stammt, ist meine Robe eine Eigenkreation. Ich trage ebenfalls ein langes schwarzes Samtcape mit passender Stretchhose. Um den Kopf- und Schulterbereich dominieren die Colourblocking-Farben orange und lila. Die duftige, voluminöse Ballon-Kreation besteht aus steifem transparenten Tüll, sodaß man das intensive Augen-Makeup darunter noch so eben sehen kann. Geheimnisvolle Blicke für die Kameras.

In Richtung San Marco, vor der Kulisse der großen Palazzi, dominieren die promenierenden Barock-Kostüme. Als Einheimischer präsentiert man sich eben stilecht. Mit fortschreitender Uhrzeit wird das Aufgebot an prächtigen Roben immer dichter. Mittlerweile scheinen zig Fotografen unterwegs, die um die besten „Shots" eifern. Das milde Licht der letzten Februar-Sonnenstrahlen tut ein übriges und taucht die Szenerie ab 15.00 Uhr in einen goldenen Schimmer. „Venedig sehen und sterben?" Sicher nicht, und doch hallen die Klänge von Gustav Mahler zum Film „Tod in Venedig" schmerzlich schön in den Ohren.

Die Zeit vergeht wie im Flug und wir genießen jeden Moment. Traditionell werden zu Karneval „Fritelle", frittierte Teigtaschen, oder Leckereien aus süßem Blätterteig gegessen. Wir aber entscheiden uns gegen Abend doch für ein Tintenfisch-Risotto mit einem spritzigen Friulano. Etwas später nehmen wir auf der Piazza San Marco im Caffè Florian noch einen Bicerin. Unser Lieblingsgetränk besteht aus den Schichten Schokolade, Kaffee und Milchschaum. Bevor wir am Abend zu einer festlichen Konzertveranstaltung aufbrechen, heißt es, sich erneut in andere Garderobe zu kleiden. Ein Leben aus dem Koffer, ein Schausteller-Leben auf Zeit.

Ein Bild sagt mehr als 1000 Worte, und darum sollte man sich dieses Schauspiel wenigstens einmal gönnen.

Meine Tipps:
1. *Nicht mit den Massen den ganzen Dogenpalast besuchen, sondern nur die Tour durch die geheimen Gänge buchen. So schlüpft man zusammen mit einem Führer durch versteckte Türen in die Zwischengeschosse und kann auch die Gefängniszelle von Giacomo Casanova besuchen.*
2. *Ein Besuch beim Gondelbauer Tramontin.*
3. *Sollte keine Zeit für einen Opernbesuch sein, besichtigen Sie das „La Fenice" einfach am Tag und buchen eine Führung durch das Haus. Roter Samt und creme-goldene Ornamente sind Trumpf.*

Viva Mexico

Ein leichtes Ruckeln, ein Vibrieren. Ich bin im Dämmerschlaf und weiß die Situation erst gar nicht einzuordnen. Ich blinzele nach links und sehe meinen Mann neben mir dösen. Jetzt erst erfasse ich die Situation: Wir sitzen in einem Flugzeug auf dem Weg nach Mexiko, ab Frankfurt 12 Stunden Direktflug. Aber wir sind nicht auf dem Weg in den Urlaub, sondern um in Mexico-City für längere Zeit zu arbeiten. Genauer gesagt bin ich vom Mutterkonzern eines großen Pharmaunternehmens dorthin entsandt worden.

Trotz allem Eifer und Engagement im Ausland zu arbeiten, fühle ich mich gerade etwas elend, denn was mute ich meinem Mann da nicht alles zu? Wir haben im Vorfeld unseren gesamten Hausstand aufgelöst, er hat seine Anwaltskanzlei (Wohnung samt Mandantenstamm) verkauft und wir wissen noch nicht einmal, wo wir künftig wohnen werden. Eine vorherige Wohnungsbesichtigungsreise wird in der Regel nur den Geschäftsführerrängen zuteil.

Spontan kommt mir die medizinische Abschlußuntersuchung vor der Ausreise in den Sinn. „Äh mol e annerschder rum". Was der pfälzische Mitarbeiter der Werksambulanz damit sagen wollte, war, daß in der Regel 98 Prozent der ins Ausland delegierten Mitarbeiter Männer sind und ich eine Ausnahme. Daher hatte man alle Untersuchungen und Gespräche zunächst auch mit meinem Mann geführt und ihn auf seine Fitness und Gesundheit hin getestet, was zugegeben sehr amüsant war, und ich erst einmal nicht auf mich hinwies.

Ein Umstand, der sich in Mexiko noch wiederholen sollte, da zwar eine Langzeiteinreise für begleitende Ehefrauen vom Gesetz her vorgesehen war, nicht aber für mitreisende Ehemänner. Das kostete die besagte Firma alle sechs Monate wahrscheinlich eine gewisse Summe, damit die lokalen Einwanderungsbehörden stillhielten.

Nicht unerwähnt lassen möchte ich an dieser Stelle, daß man sich – entgegen aller Beteuerungen und Gleichstellungsgesetzen – bei Frauen mit derartigen Auslandsposten immer zurückhält, bis sie ab einem gewissen Alter glaubhaft versichern, nicht mehr vorrangig an der „Familienplanung" zu arbeiten". Ich war zu diesem Zeitpunkt bereits 34 Jahre alt und hatte im Unternehmen schon einige Positionen des internationalen Vertriebs durchlaufen. Dabei sollte niemand glauben, daß man es mit einem Universitäts-Abschluß allein wenigstens auf die mittlere Positionsebene ohne einen gewissen Mentor im Unternehmen schafft. So gesehen hatte ich Glück, denn ohne die weitergetragene Wertschätzung des zuständigen Abteilungsvorstandes wäre ich in der Firmenhierarchie genau da hängengeblieben, wo ich war, auf einem Länder-Referenten-Posten oder dergleichen. So hatte man mir als Diplom-Kauffrau – auf meiner Urkunde heißt es noch Diplom-Kaufmann – zur Fachbereichsergänzung dankenswerterweise auch regelmäßig diverse medizinisch-pharmazeutische Produktschulungen zukommen lassen. Das sollte sich nun auszahlen.

Soweit so gut. Natürlich hatte ich vor Ort mit Startschwierigkeiten gerechnet, denn schließlich mußten mein Mann und ich künftig in einer dritten Fremdsprache kommunizieren: in Spanisch. Ein paar

Privatstunden hatte uns das Unternehmen vorab zuteilwerden lassen, ebenso einen 14-tägigen Sprachkurs in Málaga. Bis zu einem gewissen Grad halfen uns dabei unsere Grundkenntnisse in Italienisch und Latein, aber für eine Kommunikation auf Geschäftsebene gab es noch viel zu verbessern.

Womit wir hingegen nicht gerechnet hatten, war der Gegenwind durch den örtlichen Geschäftsführer, ebenfalls ein Deutscher. Der hatte nämlich nicht im entferntesten Interesse daran, daß wir schnell Fuß fassen. Gegenüber den mexikanischen Mitarbeitern wollte er weiterhin sein „Macho-Süppchen" kochen und keinen Spion aus der Unternehmenszentrale im Haus haben. Am liebsten wäre er mich sofort wieder los geworden und hoffte wohl, das „schwache Geschlecht" schnell vergraulen zu können. Auf meine Frage anläßlich des Antrittsbesuches, ob er meinem Mann eventuell bei der Suche nach einer Tätigkeit behilflich sein könne, antwortete er, Zitat: „Er könne ja bei ihm den Hof kehren". Okay, damit waren die Fronten geklärt und wir wußten, was wir davon zu halten hatten.

Trotzdem, wir liebten dieses Land und fanden schnell Anschluß. Darunter waren viele mexikanische Freunde, vor allem auch unter meinen Arbeitskollegen. Mit einigen halten wir bis heute Kontakt.

Als Lösung tat sich eine viel bessere Tür auf. Nur drei Tage vor unserer Ausreise hatten wir nämlich ein Bauvorhaben geprüft und uns entschlossen, dort eine Wohnung zu kaufen. Dafür mußten wir auf der Deutschen Botschaft vorsprechen, um aus der Ferne die notariellen Formalitäten zu erledigen. Als wir schon fast wieder im Gehen waren, kam die Frage: „Herr Friedrich, können Sie gegebenenfalls brauchbar Fußball spielen?" Ja, konnte er, da er lange bis auf Verbandsliga-Ebene gespielt hatte.

Von da an war das „Eis gebrochen", denn mein Mann wurde umgehend Teil der deutschen Nationalmannschaft vor Ort, die jeden zweiten Sonntag im Originaltrikot und unter den Klängen der Nationalhymne gegen andere Botschafts-Mannschaften antrat

(Futbol rápido, sog. Kleinfeldturniere). Zudem vertrat er fortan in Mexiko lebende Deutsche, die Rechtsprobleme in Deutschland hatten. Die Bandbreite reichte dabei vom Scheidungsverfahren bis zur BAföG-Unterschlagung. Nun, Freunde bei der Botschaft zu haben, ist natürlich nie verkehrt und ich werde noch darauf zurückkommen. Süffisante Anmerkung am Rande: Mein Mann erteilte unter anderem der Gattin des unleidlichen Geschäftsführers Tipps in ihrem Scheidungsverfahren.

Freilich war meine Tätigkeit als Leiterin der Marktforschung von an Anfang an gesichert und ich habe zusätzlich nur sechs Wochen nach meiner Ankunft bereits eine Prüfung als Pharmareferentin (mit Auszeichnung) in Spanisch abgelegt. Spricht man Spanisch, ist man in Mexiko sofort auf jeder Ebene integriert und gerade die Zahl unserer mexikanischen Freunde nahm schnell zu. Und genau das war uns recht.

Natürlich wollten auch meine Kollegen vor Ort etwas über meine persönlichen Vorlieben und Herkunft erfahren. Als ich eines Tages erwähnte, daß ich in einer Stadt mit 50 000 Einwohnern lebe, hielt ein Azubi irritiert inne und fragte: „Gibt es da auch ein Kino"? Klar, in Mexico-City gibt es Straßenzüge, die schon mehr Einwohner haben. Hausnummern sind oft vierstellig und sagen nicht viel über die Lage aus. Wir wohnten Periferico Sur 3320. Dies war keine Trabantenvorstadt mit Wohnblocks, sondern ein Maisonette-Apartment mit Garten an einem rauschenden Bach.

Als wir uns anfangs einmal im „Deutschen Club", einer schönen Gartenanlage mit Pool und Tennisplätzen umsehen wollten, taten wir dies an einem Wochentag um die Mittagszeit. Auf dem riesigen Parkplatz davor war außer einem Auto niemand zu sehen. Als wir nach kurzem Rundgang, ohne eine Menschenseele getroffen zu haben, zu unserem Fahrzeug, ein Firmenwagen mit Firmenlogo, zurückkamen, hing an der Windschutzscheibe ein Papierzettel mit folgendem Aufdruck in Deutsch und Spanisch: „Estimado socio", verehrtes Vereinsmitglied. Wir bitten Sie doch künftig genau in den vorgezeichneten Parkflächen zu parken, da Sie ansonsten Ihre Mitgliedschaft gefährden. In der Tat standen wir beim genaueren Hinsehen zwischen zwei eingezeichneten Stellflächen. Ja, deutscher Ordnung kann man nicht so leicht entgehen. Mitglied wollten wir dort natürlich nicht mehr werden.

Außendienst in Polanco

Dafür mache ich an anderer Stelle eine positive Erfahrung, die so nicht zu erwarten und mir sehr viel mehr wert war.

Als ich einen Außendienstmitarbeiter im Stadtviertel Polanco (mit teils jüdischer Prägung) zu einem Arztgespräch begleitete, fiel mir auf der Karteikarte sofort der deutsche Name des nächsten Arztes auf, der Simon W. lautete. Ja, mein mexikanischer Kollege kannte ihn und wußte, daß er schon älter ist. Nach kurzer Vorstellung präsentieren wir beide also unsere Produktneuheiten anhand von Broschüren und klinischen Studien. Bei meinem Part hält der ältere Herr im weißen Kittel nach kurzer Zeit mit den Worten inne „Kann ich es noch einmal in Deutsch hören". Dabei berührt er mich leicht am Oberarm und während ich noch nach den richtigen deutschen Fachbegriffen suche, glaube ich Rührung, wenn nicht sogar feuchte Augen bei ihm zu erkennen. Mein Kollege weiß die Situation nicht im Entferntesten zu deuten. Auch der Versuch es ihm hinterher zu erklären, scheint nicht recht zu fruchten. Früher trennten die Kontinente eben doch Welten und der Zweite Weltkrieg war weit weg.

Benötigt man in Lateinamerika einen Arzt oder muß in ein Krankenhaus, bleiben einem nur zwei Varianten: eine einfache und eine luxuriöse. Bei der Basisversorgung kann es schon mal vorkommen, daß der Mediziner sein Wartezimmer samt ein paar wackligen Stühlen auf der Straße vor dem Gebäude hat. Nein, kein Scherz, und das sagt auch nicht unbedingt etwas über seine Qualifikation aus. In Mexiko gibt es an der örtlichen Universität UNAM eine Art Zentralstudium, das alle Medizinstudenten gleichsam absolvieren. Nur kann sich nach Abschluß nicht jeder eine Praxis mit Marmorboden leisten.

Die gehobene Variante kann mit unseren Praxen und Kliniken hinsichtlich Gerät und Ausstattung in jedem Fall mithalten und entspricht dem Standard von deutschen Privatkliniken. Eine Krankenkassenkarte nutzt da allerdings wenig, denn vor jedem Gespräch oder gar Eingriff ist der fällige Betrag in bar oder per Überweisung zu entrichten. Dabei kennen die Mexikaner zwar den hippokratischen Eid, also die Verpflichtung zur Hilfe, reagieren aber wenig auf sprichwörtlich vor den Stufen des Hauses lagernde Patienten; egal wie elend diese aussehen. Meist versuchen Bedürftige sich dort das Behandlungsgeld zusammenzubetteln. Nichts für schwache europäische Nerven.

Im Gegensatz zu vielen Ärzten pflegen die meisten Rechtsanwälte und Juristen eher einen Lebensstil und Büroalltag, von dem man bei uns nur träumen kann. Dabei rede ich nicht nur von einer großen Kanzlei samt langbeiniger Sekretärin, sondern von palastähnlichem Ambiente gleich einem Gouverneur oder Präsidenten. Schaut man genauer hin, finden sich an der Wand meist auch genau diese Attribute, nämlich die Danksagungsurkunden amtierender Landesherren für die Mithilfe beim Wahlkampf. Mein Mann erlebte dies anläßlich einer Einladung eines Kollegen, der neben seiner Villa im Privatpark gleich noch einen eigenen Fußballplatz in Originalgröße hatte; von Torwächtern und uniformiertem Personal ganz abgesehen. Hinter solchen oligarchen-ähnlichen Besitzverhältnissen, die sich über ganze Stadtteile erstrecken können, verbergen sich ähnlich wie in den USA oder in Rußland, häufig Freunde oder Verwandte ehemaliger Präsidenten oder Präsidentschaftskandidaten, bevorzugt sind sie auch Eigentümer von TV-Sendern, Radiostationen und/oder Fußballvereinen. Die Vetternwirtschaft blüht. Auch hier geht die Hilfsbereitschaft gegenüber der ärmeren Bevölkerung gegen Null und entspricht fast schon einem Kastenwesen.

Die „niedere Kaste" der Parkplatzeinweiser und Parkplatzwächter ist in Mexiko eine ganz eigene, und unter ihren Vertretern herrscht eine geradezu klassische Berufsehre, wenn man sie angemessen behandelt. Anfangs waren wir unsicher, ob man ihnen trauen konnte. Dennoch haben wir in den knapp anderthalb Jahren unseres Aufenthaltes aber stets positive Erfahrungen gemacht.

Egal wo man hinfährt, beim Einparken oder Anhalten winken einem stets bunte Lappen entgegen. Ein fleißiger Helfer weist schon von weitem auf einen freien Parkplatz am Straßenrand hin – wie überall Mangelware – und assistiert mit wilden Gesten beim Einparken. Gegen ein paar Pesos bewacht er das Fahrzeug während der Abwesenheit des Fahrers. So kann man nach der Rückkehr sicher sein, daß es währenddessen keine Parkkollisionen gab und Teile wie Außenspiegel und Reifen noch dran sind. Läßt man den Schlüssel zurück und legt ein paar Münzen im Wert von etwa fünf Euro drauf, wird das Auto auf Wunsch auch schnell mal innen und außen gesputzt. Wir haben mehrmals kleine Geldbeträge innen liegen lassen, aber nie hat auch nur etwas davon gefehlt.

Teurer Friseurbesuch

Auch die zweite Story handelt von einem Auto, auch in Mexiko des Mannes liebstes Kind. Als ich eines Morgens zur Arbeit komme, ist einer der Marketing-Kollegen noch nicht am Platz. Als er eine Stunde später schließlich im Büro erscheint, ist er kreidebleich und sein ganzer Körper beginnt zu beben, als er vom Geschehen des Vortages berichtet.

Erst einige Wochen zuvor hatte er sich einen kirschroten VW-Golf gekauft, sein ganzer Stolz und wirklich ein schönes Auto, aber eben auch auffallend. Weil seine Frau am besagten Tag zum Friseur wollte, überließ er ihr den Wagen. Doch nur wenige Minuten nachdem sie bei dem Coiffeur Platz genommen hatte, stürmten zwei halb vermummte Gestalten den Laden und riefen in Al-Capone-Manier „bitte ablegen". Während einer der beiden Ladenbesitzer und Kunden mit dem Messer bedrohte, ging der andere mit einem Hut herum und sammelte filmreif die Preziosen, also Ketten, Ringe und Uhren der Damen ein. Als seine Gattin an der Reihe war, folgte zusätzlich die Aufforderung „Und was ist mit dem Autoschlüssel?" Es half nichts, auch der wurde abkassiert. Wahrscheinlich hatte sie ganz in der Nähe geparkt und war dabei beobachtet worden.

Kurzum: Mexikaner sind eigentlich herzliche Menschen, aber leider sind eben auch Bandidos unter ihnen, und Überfälle damals wie heute an der Tagesordnung. Die Leute wissen darum, und das Beispiel zeigt, daß nicht nur Touristen ausgenommen werden. Immerhin, die Polizei fand das Auto eine Woche später und er bekam es nur leicht beschädigt zurück. Der Schmuck verschwand allerdings auf Nimmerwiedersehen.

Dümmer als die Polizei erlaubt

Auch die dritte Geschichte spielte sich auf der Straße ab, und ich war mitten drin. Gerademal zwei Tage nach meinem Dienstantritt fuhr ich angesichts des massiven Verkehrsaufkommens und mangelnder Ortskenntnis auf dem Weg zur Arbeit angespannt einen dreispurigen Highway entlang, als mich eine Motorradstreife stoppt. In Mexico-City fahren alle Polizisten gold-braun lackierte Harley-Davidson-Maschinen – mag inzwischen anders sein – und sie kommen sich dabei seeehr wichtig vor. Was kann mir schon passieren, es ist ein Firmenfahrzeug mit Logo, frisch gewartet und top in Schuß. Hmm, genau das war im Grunde das Problem bzw. die Ursache seiner Begierde.

„El senior de la autoridad" steigt also vom Gefährt und kommt langsam näher. Zögernd drehe ich die Scheibe herunter und versuche seinen Worten und Gesten zu folgen. Mit meinem Spanisch war es zu diesem Zeitpunkt natürlich noch nicht weit her. Erst einmal reiche ich die Autopapiere und den internationalen Führerschein rüber. Er nimmt beides an sich und beginnt damit prüfenden Blickes das Fahrzeug zu umkreisen. Schließlich verstehe ich, daß er Geld haben will, nämlich 1.000.- Mexikanische Pesos. Seinerzeit waren das umgerechnet etwa 100.- DM. Davon abgesehen, daß ich so viel Bargeld nicht dabei habe, warte ich auf eine Erklärung wofür. Nach einigem Hin und Her glaube ich zu verstehen, daß an der Zulassungsplakette des rückwärtigen Nummernschildes angeblich irgendein Genehmigungsstempel fehlt. Als ich darauf verweise, daß dies ein Firmenfahrzeug sei und ich dies nicht zu verantworten habe, reagiert er zunehmend unleidlich und beginnt an meinem internationalen Führerschein herumzumäkeln, der in deutscher, englischer und französischer Sprache, nicht aber in Spanisch abgefaßt ist. Als ich näher hinsehe, bemerke ich, dass er ihn verkehrt herum hält. Kann der überhaupt lesen? Ich jedenfalls komme mir vor wie auf einem Basar, denn jetzt wäre er auch mit 800.- Pesos zufrieden. Aha, so ist das. Holprig versuche ich ihm klar zu machen, daß er von mir gar nichts bekommen wird. Ich überreiche stattdessen meine Visitenkarte mit der Firmenadresse und dem Hinweis, daß er sich dort das Geld holen könne. Anderenfalls würde ich das Auto nun hier bis zur Klärung abstellen und mit einem Taxi weiterfahren. Langsam wird er unruhig, da ihm die Diskussion mit der Ausländerin sichtbar zu schaffen macht. Sein letzter Vorschlag war schließlich ein Schmiergeld von 400.- Pesos. Die hatte ich bei mir und letztlich wollte ich diese unangenehme Posse beenden und auch meine Papiere zurück haben. Jedoch konnte ich es mir abschließend nicht verkneifen, ihn nach einer Quittung für die vermeintliche „Ordnungswidrigkeit" zu fragen. Hätte er das Geld nicht schon in den Händen gehabt, wäre er wohl ausfällig geworden.

Schnell starte ich meinen Mitsubishi, im Radio läuft gerade mein Lieblingslied „La Ventanita" und mein Pulsschlag normalisiert sich. Natürlich wußte ich, daß er kein „recibo" über diese „Sondereinnahme" ausstellen würde. Ein Versuch war es als Andenken und Vorlage zur Erstattung in der Firma dennoch wert.

Das Vorkommnis ist mir heute noch so präsent. Dabei habe ich im Nachhinein die Erfahrung gemacht, daß weniger diejenigen Momente einer Reise oder eines Events in Erinnerung bleiben, die planmäßig verliefen. Vielmehr sind es unerwartete, teils auch widrige Umstände wie abgesagte Touren, Unwetter oder riskante Situationen, die haften bleiben.

Ballonfahrt mit Jesus

Einen besonderen Moment ganz anderer Art sollte ich im Rahmen eines Heißluftballon-Fluges erleben. Da dies in Deutschland ein doch recht teures Unterfangen ist, stach uns eines Tages eine Annonce in der Tageszeitung ins Auge. Angeboten wurde ein langes Wochenende, also zwei Nächte mit Vollpension inklusive Ballonflug für umgerechnet 120.- Euro pro Person.

Kurzfristig konnten wir einen Termin vereinbaren, zumal wir in dieser Region Mexikos noch nicht gewesen waren. Mit dem Auto waren es in nordöstlicher Richtung knapp zwei Stunden, und der Weg führte uns in eine ziemlich ländliche Gegend. Bei Ankunft glich die Unterkunft eher einem Bretterverschlag und nachts war es mit nur einer dünnen Decke unerwartet kalt. Elektrischen Strom lieferte beim Abendessen lediglich ein Generator. Hoffentlich ist der Ballon kein Seelenverkäufer.

Schon früh um 6.00 Uhr sollte es los gehen, weil sich die Lufttemperatur in diesen Breitengraden so schnell erwärmt, daß die im Ballon erhitzte Luft keinen ausreichenden Steigflug mehr zuläßt. Das Zeitfenster für die Ballonfahrt reichte also bis maximal 9.00 Uhr.

Was für ein Schauspiel, wenn drei bunte Ballons parallel auf dem Boden ausgelegt und von der Bodencrew zum Start vorbereitet werden. Wichtigster Abschnitt ist dabei das Aufblasen der riesigen Ballonhülle. Wow, der in Position gebrachte Brenner röhrt und speit einen meterlangen Feuerstrahl wie ein Drache. Endlich wird mir beim Betrachten der Szenerie richtig schön warm, als mich ein Crew-Mitglied überraschend auffordert, ihm zu folgen. Ich traue meinen Augen nicht, denn er fordert mich auf, mit ihm in den Ballon zu treten. Schon beim nächsten Gasausstoß fliegt der Feuerstrahl mit nur drei Meter Abstand an mir vorbei. Ich kann es nicht fassen und setze sofort meine in der Hand befindliche Videokamera in Gang. Auch andere Passagiere kommen nach und nach in diesen Genuß, bis sich der Ballon nach etwa 20 Minuten schließlich aufzurichten beginnt. Nun heißt es schnell sein, denn die Bodencrew kann das Ungetüm kaum noch am Boden halten. Zu dritt steigen wir in den Korb, lösen noch schnell die vier Sandsäcke und schon schweben wir davon. Leider wird die Stille immer wieder durch die Betätigung des Brennerhebels gestört. Das laut zischende Geräusch ähnelt einem tosenden Wasserfall.

Für einen Moment kommen mir Bedenken, schließlich kommt es immer wieder zu schweren Ballonunglücken. Aber meine negativen Gedanken werden umgehend zerstreut, als sich unser Pilot mit den Worten vorstellt: „Hola, mi nombre es Jesus". Nun denn, wenn der Ballonführer schon Jesus heißt, was soll da noch schief gehen? Langsam weicht die Beklommenheit und wir genießen die wunderbare Aussicht. Mal höher, mal niedriger, mal schneller, mal langsamer kommen wir voran; so wie der Wind eben bläst. Dabei ist der Funkkontakt zur Bodencrew natürlich wichtig, denn sie folgt mit einem Geländefahrzeug, um uns nach der Landung im Nirgendwo wieder aufzunehmen.

Nach etwa einer Stunde beginnen wir den Sinkflug, aber wo könnte ein geeigneter Landeplatz sein? Eigentlich ist nichts in Sicht, aber wir verlieren zusehends an Höhe. Schnell entscheidet sich Jesus für ein abgeerntetes Maisfeld. Der Ballon schlägt etwas unsanft auf und schleppt aufgrund einer Windböe noch etliche Meter dahin. Dabei nähern wir uns bedrohlich einem angrenzenden Feld mit stacheligen Opuntien. Sage und schreibe nur zwei Meter von den ersten Kakteen entfernt kommen wir schließlich zum stehen. „Festhalten" …äh wo? Schon kippt der Korb 90 Grad zur Seite. Aber nichts passiert. Wir krabbeln schnell heraus, während sich der Ballon im Wind erneut aufbäumt. Gott sei Dank nähert sich nun die über Funk gerufene Bodencrew dem Standort und diese erledigt sämtliche Packarbeiten. Wir feiern mit dem mitgebrachten kühlen Sekt indessen unsere Ballontaufe. Eigentlich gehört dazu auch eine Urkunde. Diese wurde uns nach Rückkehr noch wochenlang versprochen, erreichte uns aber nie. Was soll's.

Auf meinem Nachmittagsspaziergang durch das Dorf traf ich auf eine sehr spezielle Tankstelle, über der ein großes Schild mit der Aufschrift „Aceites y Lubricantes" angebracht war. Sie bestand im wesentlichen aus einer Bretterbude mit zwei rostigen Zapfsäulen davor. Im Häuschen drin standen unter anderem ein klappriger Tisch und zwei Sitzgelegenheiten. Diese sahen aus wie zwei ehemalige LKW-Sitze, denn als Unterbau waren die starken Federpolsterungen noch gut sichtbar.

Schnell war ich mit den beiden Herren ins Gespräch gekommen und immer mehr Bewohner fanden sich ein, um im Rund fast andächtig der Unterhaltung zu lauschen. Es begann bereits dunkel zu werden, als ein weiterer Mann sich mit zwei Tüten näherte. Offensichtlich waren darin verschiedene Lebensmittel für das Abendessen und man lud mich spontan dazu ein. Auf meine Frage, was es denn zu Essen gäbe, schwenkte er strahlend erneut die kleine, transparente Tüte. Darin schwamm etwas Helles in einer braunen Brühe, das ich nicht gleich zu deuten wußte. Das „Leckerli" entpuppte sich als „Rinderhirn", das man nun entsprechend zubereiten wollte. Bei aller Unerschrockenheit und Probierfreude nahm ich diesen Menüvorschlag doch eher zum Anlaß, mich dankend zu verabschieden. Und das nicht, weil ich keine Innereien esse oder an der guten Zubereitung zweifelte, sondern weil mir die Wahrung der Kühlkette doch etwas Sorgen bereitete.

Tag der deutschen Einheit

Natürlich wollten wir den 3. Oktober auch im Ausland angemessen feiern. Gerne nahmen wir daher die Einladung eines Botschaftsmitarbeiters zum deutschen Nationalfeiertag an, den mein Mann vom Fußball her kannte. Besagter „Fips" sei Single, wohne edel und gebe legendäre Partys, so viel wußten wir. Auch war uns bekannt, daß die Lufthansa einmal wöchentlich vermeintlich vermisste Güter aus der Heimat ankarrte. Die Palette reichte dabei von Kinofilmen über Rotkraut bis hin zu Bier. Dazu muß man wissen, daß die Lebensmittel in Mexiko, insbesondere Obst und Gemüse, von hervorragender Qualität sind und es mindestens 30 verschiedene lokale Biersorten gibt. Darunter das nun auch bei uns bekannte „Corona". Ansonsten gab es bis zum Sahnehering wirklich alles, ausgenommen Rot- bzw. Blaukraut und Kirschen. Um es kurz zu machen, selbst deutsches Bier aus dem Ruhrpott wurde kistenweise eingeflogen, insbesondere zum Oktoberfest, das just zum selben Zeitpunkt gefeiert wurde.

Aber zurück zum 3. Oktober. Was uns dort im besagten Privathaus – nicht in der Botschaft – erwartete, hätten wir eigentlich schon der auf Büttenpapier mit Regierungslogo gedruckten Einladungskarte samt Dress-Code-Hinweis entnehmen können. Livriertes Personal erledigte das „Valet Parking", und näherte man sich dem hell erleuchteten Gebäude mit integrierter Gartenlandschaft über drei Ebenen, erklang Livemusik wie in einer Filmszene. Die Parole an der Haustür lautete simpel „Prost" und schon schwebte der Gastgeber mit zwei brasilianischen Tänzerinnen im Arm zur Begrüßung heran. Die Damen in grünen und orangefarbenen Federkostümen sowie „viel Haut", er selbst ganz in Schwarz-Rot-Gold gekleidet. Dabei trug Freund „Fips" ein eigens dafür angefertigtes Sakko, das auf der Vorder- und Rückseite schwarz war, die Ärmel jeweils rot und gelb. Buffet und Bar glichen im Umfang dem eines Kreuzfahrtschiffes und Amüsement gab es in jeder Ecke des Hauses. Ein Roulette-Tischchen hier, ein Pantomime und Tangotanzpaar dort. Wer Lust hatte, konnte in den Pool hopsen oder sich in die Raucherlounge zurückziehen, wo erlesene Havannas warteten. „Das zu organisieren war doch nicht schwer, die Botschaften leihen sich das Personal da gerne gegenseitig aus", so der Tenor. Multikulti ist Trumpf, und überhaupt ist der Kreis der Gesandten und Diplomaten eine Art geschlossener Zirkel. Viele rotieren auf ihren Positionen des mittleren und höheren Dienstes im Vierjahresrhythmus parallel durch die Welt und treffen sich so hin und wieder an anderer Stelle. Der großzügige Gastgeber wechselte später nach Vietnam und Nicaragua und dann auch mal wieder auf einen Posten im Auswärtigen Amt in Berlin. Dabei können auch die heimischen Arbeitsplätze eine erlesene Lage haben, wie das interne Schulungszentrum auf der „Borsig-Halbinsel" samt Gästehaus des Bundes in Berlin-Tegel. Ein für die Öffentlichkeit gesperrtes Refugium, wo sich Politiker und Staatsgäste aller Ebenen unbehelligt austauschen können und das Wort „Gästehaus" reines Understatement ist. Ich hatte drei Jahre später die Ehre eines Besuches.

Mein Mann und ich hatten uns seinerzeit selbst einmal für eine Laufbahn im Höheren Dienst im Auswärtigen Amt beworben. Die Voraussetzung eines abgeschlossenen Studiums war noch die leichteste Übung. Zusätzlich sind im Rahmen des Auswahlprozedere diverse Prüfungen zu unterschiedlichen Themen wie internationale Politik, Wirtschaft, Sprachen etc. zu durchlaufen. Gelangt man in die engere Auswahl, folgen Etikettenkurse und, falls nötig, Tanz-, Golf- und Tennisunterricht. Kein Scherz, denn wie heißt es in Diplomatenkreisen so schön: „Wo wir sind ist oben". Zunächst signalisierte man uns, daß die Berufskombination Wirtschaftswissenschaftlerin und Jurist gut passen würde, gab aber gleichzeitig zu bedenken, daß bei der Stellenbesetzung eine gemeinsame Rotation an denselben Ort sehr schwierig würde. Es ist letztendlich nicht dazu gekommen, aber während der Zeit in Mexiko haben wir daran partizipiert.

Doppeltes Erdbeben

Eine „Erschütterung" ganz anderer Art sollte ich in Form einer wahrhaften Naturkatastrophe erleben, nämlich einem Erdbeben der Stärke 7,2.

Es mag etwas verwegen oder anmaßend klingen, aber jeder sollte so etwas einmal erlebt haben. Wenn es geschieht, fühlt es sich nämlich ganz anders an, als man es erwarten würde. Aber der Reihe nach. Es ist morgens kurz nach 9.00 Uhr. Ich sitze gerade an einem PC im Erdgeschoß, obwohl mein Büro im ersten Stock des Firmengebäudes liegt. Konzentriert gebe ich statistische Daten ein, als mir für einen Moment leicht schummrig wird. Ich kneife die Augen zusammen und will meinen Blick an der rechten Wand fixieren, als ich bemerke, dass diese leicht schräg steht, die Lamellen davor aber senkrecht fallen. Blitzschnell begreife ich: ein Erdbeben. Ich sehe mich um. Bei meinen Kollegen bisher keinerlei Reaktion. Ich springe auf und rufe „terremoto". Jaja, „calmate", beruhige dich, das kommt hier doch öfters vor. Da, ein zweiter Schub. Nun kommt im wahrsten Sinne des Wortes Bewegung in die Firma, denn Boden und Gebäude beginnen leicht zu vibrieren. Nun haben es auch meine Kolleginnen und Kollegen eilig, alles raus auf den Innenhof! Zwar sind die Gebäude nur zweistöckig und damit nicht allzu hoch, aber der Innenhof ist auch recht klein. Sollte also das Fensterglas zerspringen, würden wir schon etwas abkriegen.

Sekunden werden gefühlt zu Minuten. Mein Blick fällt auf den riesigen Gummibaum, der sich unmittelbar vor dem Gebäudeteil gut zwölf Meter in die Höhe reckt. Er wiegt und schüttelt sich, und der Boden unter unseren Füßen beginnt sich ganz langsam hin und her zu schieben, wie auf einem Fließband. Irgendwie warte ich darauf, daß sich Risse zeigen und Spalten im Boden auftun, wie man es aus Medienberichten kennt. Gott sei Dank bleibt dieses Phänomen aus. Einerseits bin ich von dem Geschiebe fasziniert, andererseits muß ich unvermittelt an meinen Mann denken, der um diese Zeit zu Hause ist, sich also 15 Kilometer südlich der Firma befindet. Wie es dort jetzt wohl aussieht?

Real dauert das Ganze nur 25 Sekunden, gefühlt aber ein halbe Ewigkeit. Wird es Nachbeben geben oder war dies gar erst das Vorspiel einer Katastrophe? Wer weiß das schon. Das Schlingern hat aufgehört, alles ist still. Eine Art Sirene ertönt, und alle Mitarbeiter kehren aufgewühlt und plaudernd an ihre Arbeitsplätze zurück.

Im Produktionsgebäude schalten sich Wasser- und Stromversorgung automatisch ab, unsere Computer flimmern ohne Stromausfall weiter munter vor sich hin. Ich stürze ans Telefon um zu Hause anzurufen, doch die Verbindung ist tot. Auch das damals noch schwache Handynetz funktioniert nicht bzw. ist völlig überlastet.

Nach rund zwei Stunden komme ich endlich durch. Was sagt mein Mann? Ach, er habe sich schon gewundert, daß im Wohnzimmerschrank die Gläser plötzlich klirrten und es ein oder zweimal ein seltsames Rumpeln gab – das war alles.

Diese unterschiedlichen Auswirkungen in Mexiko-Stadt waren darauf zurückzuführen, daß unser Wohnhaus auf massivem vulkanischem Untergrund lag, die Firma aber im Zentrum, wo sich ursprünglich einst ein See mit weniger stabilem Sandboden befand. Nachher ist man immer schlauer, im Süden der Stadt gibt es also nicht nur die schöneren Wohnviertel, sondern offensichtlich auch die sicheren. Gesagt hatte mir das natürlich niemand.

Als wir danach mit Freunden vor Ort telefonierten, wußte jeder je nach Standort seine ganz eigenen Erlebnisse zu berichten. Die lustigste aber war die eines Fußballprofis, der zu diesem Zeitpunkt im 15. Stock eines Hotels lebte. Man stelle sich vor, welchen Schwankungen solche Gebäude bei derart heftigen Erdstößen ausgesetzt sind. „Mauri" berichtete uns also noch geschlafen zu haben, als er einen Alarmton hörte. Daraufhin wollte er auf dem Flur nachsehen, was los ist, da er an einen Feueralarm glaubte. Um nicht gänzlich unbekleidet zu sein, wollte er erst einmal schnell eine Sporthose überziehen. Leichter gesagt als getan. Als er nämlich ein Bein drin hatte, gelang es ihm aufgrund des Schwankens erst im dritten Anlauf mit dem zweiten Bein in die Hose zu schlüpfen. Das klingt jetzt unspektakulär, aber als er uns die Situation zwei Tage später live demonstrierte, haben wir schier Lachkrämpfe bekommen. So kann's gehen.

Aber das dicke Ende kommt noch. Knapp eine Woche später fand im Stadtzentrum auf der sechsspurigen „Paseo de la Reforma" die jährliche Militärparade statt. Diese dauert rund zwei Stunden und kann vom Umfang her gut mit dem französischen Defilee auf den „Champs Élysées" in Paris mithalten. Dabei wird wirklich alles aufgeboten: von historischen Fußtruppen zu Pancho Villas Zeiten bis hin zu Raketen auf Sattelschleppern und Kampfflugzeugen im

Überflug. Ein grandioses Spektakel, dem jeder unmittelbar beiwohnen kann.

Keiner dachte mehr an das Erdbeben, denn es gab zwar Schäden an Gebäuden und Versorgungsleitungen sowie kleinere Einstürze, aber im Großen und Ganzen war das zerstörerische Naturereignis glimpflich verlaufen.

Als wir endlich einen schönen Platz in der zweiten Reihe entlang der vier Kilometer langen von Hochhäusern gesäumten Prachtstraße ergattert hatten, folgte ein Nachbeben. In diesem Fall eine brandgefährliche Situation, denn die Menschenmassen, die als Zuschauer zu dieser Parade strömen, machen ein Entrinnen unmöglich. Bei einer ähnlichen Veranstaltung, dem „Grito de dolores", die im September auf dem Hauptplatz, dem „Zócalo", vor dem Rathaus und einigen Seitenstraßen stattfindet, sprechen wir von bis zu einer Million Menschen(!). Auch in diesem Fall gab es keine Vorwarnung. Eine anfängliche Wahrnehmung wurde auch durch die vom Moderator angekündigte Panzerdivision gestört. Ich sage noch zu meinem Mann: „Ich kann sie schon spüren, merkst du auch, wie die Erde bebt". Das einzige was auf uns und die umstehenden Passanten herabfiel, war etwas Glas von der hohen Straßenlaterne, unter wir uns befanden. Noch wichtiger war der Umstand, dass alle die Ruhe bewahrten, und es nicht zu einer Massenpanik kam. Glück gehabt, die Episode war nur kurz und die Parade ging ungehindert weiter.

Meine Tipps:
1. *Der Nevado de Toluca ist ein Vulkan, den man bis auf sage und schreibe 4000 Meter Höhe mit dem Auto befahren kann. Die Fahrzeit von Mexico-City aus beträgt zirka zwei Stunden. Während der Auffahrt durchquert man sämtliche Klima- und Vegetationszonen – von Palmen über Kiefern bis hin zu bodennahem Gestrüpp. Ab etwa 3500 Metern sieht man nur noch vegetations-*

loses Grau. Vorsicht bei Regen, dann wird der obere Teil der Sandpiste ohne Leitplanken unter Umständen schnell zur Schlitterpartie. Im Idealfall sollte man schwindelfrei sein.

2. *Achten Sie auf die Preisangaben bei den Souvenir-Händlern, insbesondere bei Touristenzielen wie den Pyramiden von Teotihuacan. Freilich steht an der Ware ein Preisschildchen, aber ohne Währungsangabe. Will heißen: Mexikaner zahlen in Pesos, Deutsche in Euro und US-Amerikaner in Dollar eben jenen Betrag. Je nach Kurs macht das natürlich einen erheblichen Unterschied. Ich hatte selbst Spaß daran, mich zu den Händlern hinter den Ladentisch zu stellen und die Passanten (meist Amerikaner) zu beobachten. Die „Gringos" können die meisten Mexikaner wegen ihrer Überheblichkeit am wenigsten leiden, nicht erst seit Trump!*

3. *Traumhaft schön ist die Halbinsel Baja California. Wer Wüsten, Wale und Steilküsten liebt, ist hier richtig.*

4. *Fahren Sie mit dem Regelzug drei Tage von Los Mochis am Pazifik nach Chihuahua durch die „Barranca del Cobre" in der Sierra Madre Occidental. Das gesamte Schluchtensystem der „Kupferschlucht" ist größer und mindestens ebenso schön wie der Grand Canyon und bietet Wild West Feeling pur. Dabei sollte man zwei Übernachtungen einplanen, z. B. in Posada Barranca (schönes Hotel mit grandioser Aussicht) und Creel. Die lokale indigene Bevölkerung gehört zum Volk der „Tarahumara", die noch heute sehr ursprünglich und abgeschieden leben; manchmal auch kaum Spanisch sprechen. Weite Strecken dieser Region sind ohnehin nur per Bahn erreichbar.*

5. *Handwerkliche Anfertigungen vom Goldschmuck bis hin zu Schmiedearbeiten sind von hervorragender Qualität und kosten im Vergleich zu Europa einen Bruchteil, sodaß sich selbst die zusätzlichen Kosten für den Heimtransport lohnen.*

6. *Vorsicht bei Taxifahrten, sie sind ein wahres Abenteuer. Dabei geht es weniger um Abzocke, als vielmehr darum, daß die Fahrer nur glauben den Zielort bzw. den Weg dorthin zu kennen. Sitzt man erst einmal drin, fragen sie andere oder den zugestiegenen Fahrgast nach einigem Umherirren nach dem Weg. Kein Wunder, denn nicht alle haben eine Lizenz und in der mehr als 21 Millionen Einwohner zählenden Megastadt Mexico-City sind viele Straßennamen mehrfach vergeben. Die Taxen sind gelb-schwarz oder grün-schwarz, inzwischen häufig auch rosa lackiert, wobei Grün für etwas umweltfreundlichere Fahrzeuge steht. Nun ja, zumindest damals waren fast alle Taxen VW Käfer und funktionell oft etwas rudimentär. Da fehlte schon mal der Türgriff oder die Fensterkurbel, und den defekten Blinker ersetzt ein Raushalten des Armes. Sollten Sie selbst fahren, beim Wechsel auf Gelb bitte nicht unmittelbar bremsen, sonst kommt es zu Auffahrunfällen. Und bitte nicht wundern, wenn der Fahrer (oft Studenten) „Mi Lucha – Mein Kampf" liest. Interessant auch, wie in der Metropole seit Jahren das Umweltproblem gelöst wird. Es dürfen täglich nämlich nur bestimmte Auto-Kennzeichen fahren.*

7. *Fahren Sie Auto, bitte immer stets alle Türen verriegeln, sonst kann es ihnen passieren, dass jemand an einer roten Ampel die hintere Tür aufreißt und blitzschnell versucht Wertgegenstände zu entwenden.*

8. *Gehen Sie zum Geldautomaten, wählen Sie sicherheitshalber immer einen in einem Bank- oder Einkaufsgebäude, nicht entlang der Straße. Diese sind von Servicepersonal bewacht, sodaß Sie während des Auszahlungsvorgangs nie einem Unbekannten den Rücken zudrehen müssen. Sonst kann man schon mal einen Schlag oder Stoß abbekommen und das Geld ist weg. Halten Sie im Zweifelsfall immer eine separate Geldbörse mit entsprechendem Geldbetrag oder eine Billiguhr bereit, die sie bei Bedrängnis*

einfach zuwerfen oder übergeben können, bevor Schlimmeres passiert.

9. *Die so oft zitierte „Siesta" (Hitze-Mittagspause von 13.00 bis 15.00 Uhr) gibt es in den Städten dank Klimaanlagen schon lange nicht mehr. Auf dem Land sollte man diesen Umstand aber einplanen, was etwa Lebensmittel- oder Benzinvorräte angeht.*

10. *Private Einladungen sind immer ein Highlight, denn die Mexikaner sind äußerst gastfreundliche, gute Unterhalter und geben bei Festen ihr Bestes. Aber bitte nehmen Sie Uhrzeitangaben nicht zu genau. Eine Stunde nach dem genannten Termin werden Sie sich noch immer unter den frühen Gästen befinden, zwei Stunden später tun es auch. Selbst Zugereiste passen sich diesem Zeitmanagement in der Freizeit gerne an. So ist es uns selbst bei ortsansässigen deutschen Freunden passiert, daß der Gastgeber anläßlich einer Einladung zum Frühstück um 10.00 Uhr noch unter der Dusche stand und froh war, daß wir schon mal Brötchen holen gingen. Dafür dauerte das „Frühstück" dann auch bis 16.00 Uhr.*

11. *Einmal sollte man Mexico-City von oben sehen. Der Blick über das schier endlose Häusermeer von rund 40 Kilometern in jede Richtung ist wirklich lohnenswert. Ganz einfach kann man das vom 181 Meter hohen „Torre Latinoamerica" aus oder man bucht einen Hubschrauber-Rundflug. An klaren Tagen kommt noch der imposante Blick auf die beiden schneebedeckten Vulkane Popocatépetl (5452 Meter hoch) und Iztaccíhuatl dazu. Nicht wundern sollte man sich über einen rost-braunen Streif am Horizont, dieser ist eine Folge der Luftverschmutzung und insbesondere in Trockenperioden deutlich sichtbar.*

12. *Der Besuch eines „Charros" (z. B. „Lienzos Charros") sollte auf keinen Fall verpaßt werden. Dabei handelt es sich um eine Art traditionelles Rodeo bzw. einen Cowboy-Wettkampf in verschie-*

denen Disziplinen. Ein typisches Sonntagsspektakel, wo man mit den Einheimischen schnell in Kontakt kommt. Häufig spielt dazu eine Band mexikanische Volksweisen. Manchmal sind die Instrumente so herrlich verstimmt; Hören und Sehen Sie einfach selbst.

13. Ich bin beileibe kein Fußball-Fan, aber das Estadio Azteca, eines der weltweit größten Fußballstadien mit 87 000 überdachten Sitzplätzen, sollte man sich nicht entgehen lassen.

14. Vielerorts laden tropische Hacienda-Hotels mit Pools zum Verweilen ein, und sei es nur um ein erstklassiges romantisches Abendessen zu genießen. Meine Lieblingsplätze waren die „Hacienda Cocoyoc" und die „Hacienda de Cortes" in Cuernavaca.

15. Auch der „Día de los Muertos", der Tag zu Ehren der Toten, um Allerheiligen herum, ist ein einmaliges Erlebnis. Hier und in anderen Ländern Lateinamerikas ist er nämlich kein trauriges, sondern ein sehr lebendiges, farbenfrohes Fest. Die Angehörigen ziehen dann mit bunten Kostümen und Totenschädeln aus Zuckerguß für ein bis zwei Nächte an die Gräber ihrer Vorfahren, um sie gut zu bewirten und Zwiesprache mit ihnen zu halten.

16. Schafft man es bis auf die Halbinsel Yucatán, sollte man unbedingt in den Cenotes tauchen oder den „Rio subterráneo" besuchen. Dabei handelt es sich um ein unterirdisches Süßwasser-Flußsystem nahe Playa del Carmen, durch das man sich mit Schwimmweste gut 30 Minuten treiben lassen kann.

17. Ein Besuch beim „Brujo" oder einer „Bruja" (Zauberer/Medizinmann) ist sicher nicht jedermanns Sache, aber ziemlich einmalig und entspricht in etwa dem indianischen Reinigungs- oder Heilungsritual eines Schamanen. Etwa 20 Minuten spricht der Brujo seine magischen Worte, hantiert mit ein paar Kräutern entlang des Körpers und schwenkt hie und da ein Räuchergefäß. Dabei hält man die Augen weitgehend geschlossen und

gibt sich der Zeremonie hin. Gegen Ende habe ich einmal zufällig geblinzelt und sehe gerade noch, wie der „Meister" abschließend einen kräftigen Schluck Alkohol oder Spiritus(?) nimmt, tief Luft holt und mir die Gischt daraus ins Gesicht bläst. Bezahlt wird auch hier im Voraus. Was es genutzt hat, kann ich nicht sagen, geschadet hat es aber auch nicht.

18. *Wer schon immer mal von einem Adelstitel geträumt hat, kann dies in Mexiko leicht realisieren. Der Name des Ehemannes wird bei Frauen nämlich einfach mit einem „de" an den Geburtsnamen angehängt.*

Nachlese: Mit unserer Rückkehr nach Deutschland war das Erlebnis Mexiko, das wir nie missen möchten, noch nicht ganz zu Ende. Mexiko ist ohne Frage auch ein Shoppingparadies für schöne Dinge. Da meine Firma sich diesbezüglich nicht unbedingt großzügig zeigte, nutzen wir zum Heimtransport von größeren Anschaffungen hin und wieder gerne mal ungenutzte Kapazitäten an Botschafts- bzw. Diplomatengepäck.

Kulturgüter auf Abwegen

Als kurz vor Abreise schon alles außer dem Handgepäck unterwegs war, entschieden wir uns noch zum Kauf von drei gravierten Reliefsteinen, die klassische Motive wie eine aztekische Gottheit, die Schlange Quetzalcoatl und diverse Schriftzeichen aufwiesen. Größe jeweils 40 bis 50 Zentimeter hoch, 30 bis 35 Zentimeter breit und 5 bis 12 Zentimeter tief. Sie stammen aus einem Garagen-Flohmarkt, den unsere Vermieterin veranstaltete, und kosteten rund 60.- Euro. Die Dame war früher Innenarchitektin gewesen und hatte stets ein paar schöne Stücke auf Lager. Wir ließen die Teile also von einer lokalen Spedition abholen und per Seefracht nach Deutschland verschiffen.

Lange hörten wir nichts mehr, und ich dachte schon gar nicht mehr daran, als ich an einem Vormittag ahnungslos das Telefon abnehme. „Ja, hier Zollamt Bremerhaven, zuständig für Ex- und Import von Kulturgütern und Antiquitäten. Wir möchten Sie davon in Kenntnis setzen, daß nun ein Prozeß auf Sie wegen Verstoßes gegen Paragraph XY zukommt. Zunächst hörte ich gar nicht richtig hin, da ich an einen Scherz eines Kollegen meines Mannes glaubte, aber mitnichten. Der immer ruppiger tönende Beamte auf der anderen Seite kam jetzt erst recht in Fahrt, und mir dämmerte, daß er wohl unsere mexikanischen Steine meinte. Wir wechselten ein paar Worte zur Herkunft der fraglichen Objekte und ich machte letztlich folgenden Vorschlag: Sollten diese Objekte tatsächlich historisch bedeutsam und von archäologischem Wert sein, geben wir sie Mexiko selbstverständlich gerne zurück oder stiften sie einem Museum; dann aber bitte mit dem Spendernamen darunter. Nein, dies besänftigte den Herrn nicht unbedingt. Man würde nun Fachleute heranziehen, und es würde alles seinen Weg gehen. Ja, ging es, und wir hörten weitere drei Monate nichts mehr von dem aufgeregten Gesetzeshüter, bis der Bote eines Paketdienstes stöhnend eine schwere Lieferung anschleppte. Nämlich drei Reliefsteine, neu verpackt, aber ohne jeglichen Kommentar. Seit vielen Jahren hängt das gewichtige „Kulturgut-Trio" nun umgeben von Kakteen und Palmen an einer heimischen Wand.

Ich könnte endlos erzählen, Mexiko hat einfach so viel zu bieten.

Der Weg ist das Ziel – Mit dem Frachtschiff nach Antwerpen

Nimm mich mit Kapitän auf die Reise, fernab vom Massentourismus auf Mega-Linern und schwimmenden Spielhöllen. Als Kreuzfahrtschiffe noch Schiffe waren, nicht wie Wohnblocks aussahen und eine gewisse Individualität und Stil hatten, war ich Feuer und Flamme für die Abenteuer der Meere. Eine der wenigen Ausnahmen sind derzeit die klassisch-schönen Schiffe der norwegischen Hurtigruten-Flotte, die auch aus ökologischer Sicht dank Hybridantrieb Vorreiter sind. Auf eine Trendwende in Sachen Schiffsreise braucht man indes nicht zu warten, denn immer mehr Reedereien bieten Mitfahrgelegenheiten auf Frachtschiffen an. Ausstattung, Dauer und Routenwahl sind dabei vielfältig und reichen von der Kurztour bis zur halbjährlichen Weltumrundung.

Probieren geht über Studieren. An einem Samstagmorgen stellen wir unser Auto zunächst im Mannheimer Hafen ab. Am Salzkai gehen wir an Bord der „Sjouwer I und II" (gesprochen Schauer). Unser Zuhause für die nächsten vier Tage ist ein Schub- bzw. Koppelverband unter niederländischer Flagge mit niederländischer und philippinischer Besatzung. Mit Baujahr 2009 ist sie noch ein „junger Hupfer".

Kapitän Folkert-Jan empfängt uns lächelnd per Handschlag und selbstverständlich spricht er auch ausgezeichnet Deutsch. Während einer kleinen Ladepause zeigt er uns sein Reich vom Brückenhaus bis hinunter in den Maschinenraum. Wir reden immerhin von 190 Meter Länge und 11,50 Meter Breite, mehr läßt die Rhein-Schifffahrt kaum zu. Anders ausgedrückt: 3200 Bruttoregistertonnen bei 3,60 Tiefgang und zwei 16-Zylinder-Diesel-Motoren mit einer Leistung von 3400 PS.

Man sieht es dem Kapitän schon an, daß er ein wenig stolz auf sein blitzsauberes Schiff ist, wenn er prüfend nach dem Rechten sieht. Kein Wunder, es ist sein Eigentum und ausschließlich von ihm bezahlt. Es geht hier um Millionenbeträge, die man erst einmal stemmen muß und die nach und nach abzuzahlen sind. Das bedeutet über Jahre eine große Verantwortung für Mensch und Maschine, viele könnten da gar nicht mehr ruhig schlafen. Das Schiff steht daher nie still, nicht einmal an Weihnachten. Das geht natürlich nur mit einer Wechselcrew, auf die man sich zu hundert Prozent verlassen kann.

Während der Talfahrt auf dem Rhein in Richtung Antwerpen und Rotterdam geht es mit 17 Stundenkilometern flott dahin. Auf der Bergfahrt in umgekehrter Richtung halbiert sich die Geschwindigkeit und verdreifacht sich der Dieselverbrauch auf 150 Liter pro Stunde, je nachdem wie viel geladen wurde.

Der Kapitän ist nunmehr ganz in seinem Element und die Informationen sprudeln nur so aus ihm heraus. Erst recht, wenn man sich für Technik und Seefahrt interessiert und gezielte Fragen stellt. Seine Fracht besteht meist aus Containern bzw. Stückgut, es kann aber auch mal Massen- oder Schüttgut wie Sand oder Kohle geladen werden.

Weil die Schiffsbrücke höhenverstellbar ist, können bis zu fünf ISO-Container zu 20 oder 40 Fuß (12,1 x 2,4 x 2,6 m) übereinander geladen werden. So können gut 400 Container an Bord genommen werden, was allerdings seine Zeit dauert. Entscheidend ist dabei das Be- und Entlademanagement, denn die Reihenfolge der rollierenden Be- und Entladung in den unterschiedlichen Häfen ist ebenso entscheidend wie Standort und Gewicht der Container bei unterschiedlicher Wassertiefe.

Weltweit waren 2019 über 15 Millionen Container im Umlauf, auch eine Folge der Globalisierung. Wir sind noch keine Stunde an Bord und schon mittendrin im Geschehen. Es ist ja auch keine Kreuz- oder Butterfahrt, wir wollen schließlich einen realen Eindruck vom Schifferleben haben. Übrigens ein tolles Gefühl, wenn das Steuerhaus langsam immer höher fährt und erst bei 15 Metern stoppt. Dann sieht das Vorschiff plötzlich eher klein aus und fast so, als ob es ein anderes vorausfahrendes Schiff wäre.

Die Sjouwer hat natürlich auch einen eigenen Ladekran an Bord, der eine Maximallast von 2,1 Tonnen hat. Schnell wird unser Auto mit zwei Achsgurten versehen, hebt vom Kai ab und landet achtern neben den beiden Fahrzeugen der Besatzung an Bord. Gegen 14.00 Uhr legen wir ab. Bugstrahlruder und Schraube sprudeln los und schon dockt die Sjouwer quer-diagonal wie ein Auto ab. Es geht vorbei an den Chemie-Anlagen der BASF, dem Dom zu Worms und herrlich einsamen Rheinauen bis zur Loreley. Entspannt dösen wir an Deck bei lauem Wind im Liegestuhl vor uns hin, und holen uns je nach Wunsch „all-inclusive" einen Kaffee oder einen Softdrink aus der Kombüse im Heck. Ich wünschte, ich hätte so eine Küche zu Hause. Alkohol an Bord ist allerdings tabu.

Es wird langsam dunkel und kurz nach dem Deutschen Eck in Koblenz überkommt uns gegen 23.30 Uhr die Müdigkeit. Trotz leichtem Vibrieren und hörbaren Maschinen- und Abluftgeräuschen schlafen wir hervorragend. Die Kabine ist mit zirka 16 Quadratmetern angenehm groß und die Matratze hervorragend.

Gleich nebenan sind Toilette und Bad samt geräumiger Glasdusche und Waschmaschine. Alles ist edel mit grauem Schiefer gefliest. Jegliche Einteilung und Ausstattung der Wohnräume war bzw. ist Chefsache. Auch in puncto Einrichtung trägt alles die Handschrift des zurückhaltenden rot-blonden Friesen. Folkert-Jan ist Mitte 40 und natürlich ist er ein erfahrener Seemann und dies nicht sein erstes Schiff.

Auf gleicher Deck-Ebene befinden sich besagte voll ausgestattete Küche sowie ein Wohnzimmer mit Eckbank, Sesseln und Satelliten-TV. Des weiteren drei Kabinen und das Kapitäns-Apartment, alles perfekt sauber und klimatisiert. Ich bin wahrlich kein Fan von Klimaanlagen, aber in diesem Fall kann ich jedem Sommer-Passagier nur raten, auf deren Existenz an Bord zu achten. Denn gerade dann, wenn das Schiff während der Ladevorgänge steht, wird die Stahlkonstruktion bei Sonneneinstrahlung sehr schnell sehr heiß. Es gibt an Kaianlagen ja keine Bäume oder sonstigen natürlichen Sonnenschutz.

Alle Mahlzeiten erfolgen oben im Steuerhaus mit bester Aussicht, denn das Schiff fährt Tag und Nacht und stoppt nur für Ladevorgänge. Dabei wechselt sich die Mannschaft routiniert ab. Gegessen wird, wenn Zeit dafür ist. Ansonsten bedient sich während des Tages jeder selbst nach Belieben aus den reich gefüllten Kühlschränken auf der Brücke oder unten in der Küche. Abendessen gibt es gegen 18.00 Uhr und wird meist persönlich vom Kapitän zubereitet. Á-la-carte isst man, weil das auf den Tisch kommt, was er und sein erster Steuermann gerne essen. Glück gehabt. Wir fanden alles lecker, egal ob es feurige Fleischröllchen, Endivien-Kartoffelbrei oder eine Art Bami Goreng mit scharfer Erdnußsoße gab. Alles aus frischen Zutaten.

Kapitän Folkert-Jan liebt seine Schiffe und empfindet selbst die anstrengenden Wechselschichten fast als Ferien. Wer auf diesem Schiff arbeitet, hat es gut getroffen, denn auf 14 Tage Arbeit, folgt eine ebenso lange Freischicht. Zuhause hat er ein „Drei-Mädel-

Haus", also Frau und zwei Töchter. Als diese noch jünger waren, lebten alle zusammen an Bord, denn eine echte Schifferfrau hat natürlich auch ein Schiffspatent. Heute wissen sie sich alle den 14-Tage-Rhythmus entsprechend einzurichten. Natürlich helfen heute moderne Kommunikationsmittel die Distanz zu überbrücken und seine „Festland-Nachbarn" sind inzwischen so nett, die Sommerparty oder sonstige Treffen – wenn möglich – nach seinem Dienstplan auszurichten.

Die Stimmung ist bei aller Konzentration auf Steuerung und Ladekonzept stets locker und die Mannschaft hat für jede Frage ein offenes Ohr. Einzig der permanente Sprechfunkverkehr mit Kontrollstationen oder anderen Schiffen unterbricht die ruhige familiäre Atmosphäre: „Hallo Sjouwer, Sjouwer". Andere Schiffer sind nicht immer nur nette Kollegen, da wird auch schon mal um ein bevorzugtes Schleusungsrecht gestritten, denn Zeit ist Geld. Der Schiffsverkehr auf dem Rhein ist mit 80 Prozent fest in niederländischer Hand.

Mein persönliches Highlight ist es, das Schiff für 15 Minuten selbst zu steuern. Mit Unterstützung eines elektronischen Steuersystems und unter den Augen des Ersten Steuermannes gelingt das an einer einfachen Stelle und wenig Verkehr recht gut. Wichtige Voraussetzung: Man muß wissen, wo „Backbord" (links) und „Steuerbord" (rechts) ist und per Bildschirm stets jeden Winkel des Schiffes im Auge haben. Der Steuerstand ist daher von einem beeindruckenden Cockpit mit zahlreichen Bildschirmen umgeben. Hinzu kommen Anzeigen von Meßinstrumenten für Tiefe-, Drift- und Geschwindigkeit sowie Seekartenmonitore. Dank der Bordelektronik spürt man vom bequemen Ledersessel aus beim Dirigieren des nur zwölf Zentimeter langen Joysticks recht schnell eine gewisse Erhabenheit über Schubkraft und Richtungskontrolle.

Weiter geht es vorbei an Duisburg, dem größten Binnenhafen Europas, und riesigen Industrieanlagen von Thyssen-Krupp. Abends erwartet uns eine Überraschung, denn in Nijmegen ist gerade „Waal in Flammen", ein Sommernachtsfest mit großem Feuerwerk. Der Waal, so heißt der Teil des Rheins ab der niederländischen Grenze, ist daher für zwei Stunden für die Durchfahrt gesperrt. Aber egal, wir stehen in der ersten Reihe und erfreuen uns an dem Lichtermeer. Spielerisch fährt das Führerhaus ganz nach oben. Der Chef ist sichtlich amüsiert und erfreut sich trotz des Zeitverlustes an der Abwechslung. Das hätte er so noch nie erlebt. Wir sitzen noch lange zusammen, lassen die Uferlichter an uns vorbeiziehen und lauschen bei einem alkoholfreien Bierchen in die Nacht. Bis nachts um 2.00 Uhr muß der „erste Mann an Bord" selbst ran, dann wird er für die nächsten acht Stunden am Steuerstand abgelöst.

Am frühen Morgen schließlich ein heftiges Rumpeln, weil wir in eine Schleuse einlaufen. Weil ein Schiff keine Bremse hat, muß man sich mit langsamer Fahrt einem Ziel nähern und eventuell die Schraube rückwärts drehen, um zum Stillstand zu kommen oder sich im Strom auf einem Punkt zu halten. Auch am Tag ist eine Schleusung zusammen mit anderen Schiffen ein Highlight, da jedem Schiff nach Funkverkehr mit dem Schleusengebäude ein Platz zugewiesen wird und eine Hebung oder Senkung erfolgt.

Am dritten Tag erwartet uns gegen Abend schließlich der riesige Überseehafen vor den Toren von Antwerpen. Nach Rotterdam und vor Hamburg die Nummer Zwei in Europa. Jetzt sind wir nicht mehr eines der größten, sondern eines der kleinsten Schiffe. Der Tanz der „Elefanten" und diversen anderen Laufkatzen am Kai sowie das Blinken und Piepen der aktiven Kräne hört sich an wie „Manhattan bei Nacht" und sieht gerade bei Dunkelheit wie eine endlose, perfekt eingespielte Lichter-Choreographie aus. Ein Ort der niemals schläft: 24 Stunden, 7 Tage die Woche. Man kann sich gar nicht satt sehen, zumal die Perspektive vom Wasser aus die Szenerie noch nachhaltiger macht. Wir sind umgeben von bis zu 400 Meter langen Mega-Linern wie der „HMM Algeciras", die bis zu 26 000(!) Container stapeln können. Einfach atemberaubend, diese Monster der Meere unmittelbar neben sich aufragen zu sehen. Bis zu 6000 von ihnen sind täglich auf den Weltmeeren unterwegs. Tapfer bleiben, unsere Sjouwer hat schließlich auch rund 400 Standardcontainer an Bord. Als größter Containerhafen der Welt und maßgebliches Logistik-Drehkreuz gilt mittlerweile Shanghai.

In Antwerpen und entlang der kontinentalen Nordseeküste kann der Tidenhub bis zu fünf Metern betragen, was eine Mindestbeckentiefe von 15 Metern erfordert. Wenn ein Container entnommen wird, schwankt selbst unser großes Stahlschiff unter dem Gewichtswechsel spürbar. Wird ein Container im Schiffsbauch abgesetzt, rumpelt und bebt es gewaltig. Und zwar auch dann, wenn ein gefühlvoller Kranführer am Werk ist und die Riesenteile zentimetergenau übereinanderstapelt. Vergrößerte Kameraeinstellungen helfen ihm dabei, denn der Kranführer sitzt gut 20 Meter über dem Geschehen. In Zukunft sollen vermehrt unbemannte, vollelektronische Kräne die Ladevorgänge übernehmen.

Es bliebe noch viel zu erzählen, aber am besten ist es, sich selbst einen Eindruck davon zu verschaffen. Der Preis für solche Reisen liegt bei rund 120.- Euro pro Person und Tag, wobei der Begriff „all-inclusive" hier mal nicht negativ besetzt ist.

An Bord heißt es im Innenbereich übrigens immer „Schuhe aus", um den Teppichboden zu schonen. Geht man während der Fahrt entlang der Gangway, sind Schwimmweste und Helm zu tragen. Sicherheit ist oberstes Gebot.

Etwas wehmütig klettern wir am Dienstagmorgen bei Niedrigwasser über eine Steigleiter am Kai von Bord. Der feste Boden und die reale Welt haben uns wieder. Unsere Erwartungen haben sich zu mehr als hundert Prozent erfüllt. Danke für die Gastfreundschaft.

Schiff ahoi und immer eine Hand breit Wasser unter dem Kiel. Wir behalten die Sjouwer und ihre Besatzung in guter Erinnerung und gehen immer mal wieder an Bord oder winken rüber, wenn die „weiß-blaue holländische Lady" Mannheim oder Speyer passiert.

Nach der Rückkehr blieben wir in Kontakt, weil der Vermittler uns von seinen diversen neuen Projekten berichtete. Unter anderem der Entwicklung eines neuen TV-Formates in holländischer Sprache mit dem Titel „Vaart" – Schiffer sucht Nachwuchs und Gesellschaft. Im Mittelpunkt steht hier nicht die Technologie, sondern der Mensch, also der jeweilige Kapitän, sein Schiff, die Route und spannende Geschichten. Acht Episoden auf verschiedenen Schiffen bzw. Schiffstypen wurden bereits abgedreht.

Dabei wurden auch die kleinen Kanalschiffe, die Spits oder Péniches, nicht vergessen. Diese kleinen Frachter sind ein Kulturerbe und wurden speziell für das französische und belgische Schleusenmaß gebaut. Die faszinierenden Geschichten dieser Skipper und ihrer Familien, die ebenfalls Tag und Nacht mit Ladung auf den Inlandkanälen unterwegs sind, eröffnet „Landratten" erst recht eine neue Welt.

<u>Meine Tipps:</u>
1. *Es gibt neben Flußtouren auch Kanalrouten in Belgien und den Niederlanden. Die Lasten-Péniches sind allerdings erheblich kleiner und von der Ausstattung her nicht so luxuriös. Daneben gibt es wochenlange Mitfahrgelegenheiten auf „Großer Fahrt" bis nach Südamerika, rund um den afrikanischen Kontinent oder bis in den Bottnischen Meerbusen. Im Winter werden diese Touren nach Finnland dann zu regelrechten Eisbrecher-Fahrten. Teilweise verfügen die Schiffe auch über eine Sauna und kleine Pools. Billiger als herkömmliche Kreuzfahrten sind diese Reisen nicht, aber sehr viel individueller und lehrreicher. Kontakt zu dem Vermittler Alex Mutsaars in Tilburg (spricht gut Deutsch und Englisch) findet man im Internet unter dem Stichwort „Binnenvaartcruises".*

2. Es gibt auch deutsche Reedereien, die solche Mitfahrgelegenheiten anbieten. Aber keine davon war auf individuelle Wünsche eingegangen.

3. Wer nicht seefest aber an Technik interessiert ist, sollte bei Gelegenheit ein Schiffshebewerk besichtigen. Zum Beispiel das in Niederfinow nahe Eberswalde in Brandenburg. Das Industriedenkmal, das einen Höhenunterschied von 36 Meter überwindet, liegt am östlichen Ende des Oder-Havel-Kanals. Kulturgeschichtlich interessant sind auch die beiden Schiffshebewerke von Henrichenburg aus den Jahren 1899 und 1962. Beide liegen nahe beieinander am Dortmund-Ems-Kanal bei Castrop-Rauxel. Eine französische Alternative ist das Schiffshebewerk Saint Louis/Arzviller nahe Lutzelbourg in Lothringen. Hier werden die Schiffe, die den Rhein-Marne-Kanal befahren, sogar mehr als 44 Meter angehoben bzw. gesenkt. Wer möchte, kann sich diese Wunderwerke der Hydraulik ganz aus der Nähe betrachten und sich auf einem Besucherschiff schleusen lassen.

4. Wer spektakuläre Schleusentreppen erleben möchte, ist entlang des schwedischen Göta-Kanals im Bereich Linköping bei Berg richtig. In sieben aufeinander folgenden Schleusen fahren die Schiffe hier rund 19 Meter Fahrstuhl. Ähnliche Schleusentreppen befinden sich auch in Fonseranes, einem Vorort von Béziers in Südfrankreich. Hier sind es gleich neun Schleusen, die den Bootsfahrern auf dem Canal du Midi bei aller Einmaligkeit auch viel Aufmerksamkeit und Geduld abfordern.

Auf den Dächern, die die Welt bedeuten

Kaum hat man die 50 überschritten, flattern einem dank der digital-medialen Transparenz vermehrt Werbebroschüren über Nahrungsergänzungsmittel, Sanitätshäuser und Einladungen zu Hörtests ins Haus. Sicher, Vorsorge und Vorbeugung sind wichtig, aber für mich auch immer irritierend, um nicht zu sagen demoralisierend. Warum immer nur über Feuchtigkeitscremes oder Healthfood aller Art nachdenken, anstatt zum Beispiel über die Anwendung von Virtual Reality-Brillen. Damit kann man herrliche virtuelle Spaziergänge und Sporterlebnisse vom Sofa aus erleben, wenn es wirklich mal irgendwo im Körper „zwickt". Ich habe nur eine einfache „Oculus-Version", aber abgesehen von den 3D-Abenteuern zwischen Dinos und im Spaceshuttle, liebe ich Sportperspektiven wie den Sprung von der Großschanze, eine rasante Mountainbike-Abfahrt oder 3D-Stadtrundgänge wie den durch die Altstadt von Tallin in Estland.

München

Natürlich geht nichts über die Herausforderungen eines Live-Erlebnisses, und so buchte ich 2019 eine zweistündige Dachtour über das Münchner Olympiagelände. Klar waren alle anderen Teilnehmer jünger und schon beim Anlegen des Klettergeschirrs hat man meines besonders genau kontrolliert und sich gleich zweimal nach dem Befinden erkundigt. Und schließlich nach mehrfachem Sichern und Entsichern beim Umlauf sowie dem Auf- und Abstieg hieß der Schlußkommentar: „.Na, das ging doch sehr gut." Äh, warum nicht, wenn man schwindelfrei ist und wenigstens 30 Minuten am Stück joggen kann?

Ich bin selten sprachlos, aber hier war ich es schon, da ich mir der Beobachtung gar nicht bewußt war. Das klang so, als hätte nicht viel gefehlt und man hätte mich erst gar nicht mit hoch auf das schwingende Glasdach gelassen. Wäre ich jetzt Rita Knobel-Ulrich gewesen, meine bevorzugte TV-Journalistin mit Biß und stets dem richtigen Maß Zynismus auf den Lippen, hätte ich sicher einen entsprechenden Kommentar parat gehabt.

Die Trägerpylone der Dachkonstruktion sind übrigens bis zu 80 Meter hoch. Das Spinnennetz-Zeltdach erstreckt sich über insgesamt 22 000 Quadratmeter und besteht aus 6800 einzeln geformten Plexiglasplatten. Da kommen schon ein paar Meter zusammen. Diese Tour ist einfach grandios. Man fühlt sich wahrlich frei wie ein Vogel, hat einen Ausblick bis zu den Alpen und nimmt die Höhe kaum wahr. Je weiter man vom Rumpfdach in die ansteigenden Flügel gelangt, umso mehr schwingt das ganze Plexiglasgefüge – ähnlich einer Hängebrücke.

Wenn man Glück hat, kommt als Extra auch noch ein Zeppelin vorbei „gefahren", nicht geflogen. Normalerweise werden besagte Zeppelinfahrten nur ab Friedrichshafen am Bodensee angeboten, einmal im Jahr starten aber auch Rundflüge über München von Oberschleißheim aus.

Wer also mal Lust auf was anderes hat, der Weg nach oben lohnt sich immer. Startpunkt aufs Dach ist in der Regel der Kasseneingang am Coubertinplatz. Wer möchte, kann auch per Seilrutsche bzw. Flying Fox über die Anlage nach unten brausen. Fündig wird man unter dem Begriff „Olympiapark Touren". Fliegen, träumen, den Wind spüren – dem Himmel nah sein.

Stockholm

Auch die schwedische Hauptstadt lässt sich ganz hervorragend von oben erkunden. Wer die Stadt von oben kennen lernen möchte, kann Fahrten in einem Ballon buchen oder auf eine besondere Tour mit Nervenkitzel gehen. Zumindest für diejenigen, die schwindelfrei sind, werden nämlich Wanderungen über Stockholms Dächer angeboten.

Die Teilnehmer laufen und klettern auch hier gut gesichert mit Gurten, Seilen und Kletterhelmen von Gebäude zu Gebäude. Die einzelnen Gruppen sind mit maximal zehn Teilnehmern klein und werden von erfahrenen Begleitern mit guten Ortskenntnissen geführt. Die Dachwanderung verbindet historisch vielfältige Informationen mit herrlichen Aussichten, die man auf andere Weise nie erleben könnte. Man fühlt sich dabei ein bißchen wie die legendäre Romanfigur „Karlsson vom Dach" von Astrid Lindgren. Jede Tour dauert etwa anderthalb Stunden und beginnt auf dem Dach des alten Parlamentsgebäudes auf der Insel Riddarsholmen, unmittelbar angrenzend an die Stockholmer Altstadt „Gamla Stan". Alpinistische Fähigkeiten braucht man zur erfolgreichen Absolvierung der Dachwanderung nicht, da sie nur bei gutem Wetter stattfindet und eine normale sportliche Kondition ausreicht.

Diese Tour erfreut sich allerdings einer regen Nachfrage und sollte daher rechtzeitig gebucht werden. Wo sonst trifft man schon mal einen Schornsteinfeger oder kann einem Dachdecker auf Augenhöhe bei der Arbeit zusehen? Die Tour buchen kann man unter „Takvandring.com", aber auch unter dem deutschen Begriff „Dachwanderung Stockholm" wird man im Internet fündig.

Paris

Natürlich bietet auch die „Stadt der Liebe" diverse Vogelperspektiven an. Paris hat unter den vielen europäischen Metropolen mit Sicherheit eine der schönsten Silhouetten. Das liegt nicht nur an den Hochhäusern von La Défense, der Kuppel des Invalidendomes oder an Montmartre. Die klassische Variante für einen Blick über Paris ist und bleibt der Eiffelturm. Erst kürzlich habe ich diesen Blick wieder einmal genossen. Ich liebe den Blick in Richtung Trocadéro, aber auch über das Marsfeld in Richtung Militärakademie.

Für diejenigen, die über den Dächern von Paris stehen wollen, aber die langen Schlangen vor dem Eiffelturm abschrecken, gibt es einige Alternativen, zum Beispiel der 210 Meter hohe „Tour Montparnasse". Von diesem eigentlich nicht gerade schönen Hochhaus, hat man eine 360° Rundumsicht auf Paris. Mit dem Fahrstuhl gelangt man bis in den neu gestalteten 56. Stock. Die letzten Stufen zur Aussichtsterrasse müssen zu Fuß zurückgelegt werden. Die Kosten belaufen sich auf etwa 20.- Euro.

Einen weiteren, sehr schönen Blick über das Häusermeer der Stadt hat man vom Dach der „Galeries Lafayette" am Boulevard Haussmann. Wenn man es an den verführerischen Auslagen mit den Luxusartikeln in den unteren Etagen vorbei geschafft hat – ich weiß, das ist schwer – fährt man mit einem der historischen Aufzüge (oder per Rolltreppe) in den obersten Stock. Neben den vielen Imbiss- und Snackangeboten findet man dort auch die Treppe auf die Dachterrasse. Zwei Dinge sind hier besonders gut: der tolle Ausblick ist gratis und außerdem hat man einen fantastischen Blick auf die Opéra Garnier schräg gegenüber.

Im Januar 1919 war eben diese Dachterrasse Schauplatz eines Flugspektakels. Der französische Pilot Jules Védrines schrieb hier Luftfahrtgeschichte, als er mit einem kleinen Flugzeug auf der gerade mal 28 Meter langen Kaufhausterrasse landete. Bei der Landung wurde die Maschine, eine Caudron G.3, zwar beschädigt, die dafür ausgesetzte Prämie in Höhe von 25.000.- Francs sollte ihn jedoch entschädigen. Ruhm und Geld brachten Védrines aber kein Glück: Der waghalsige Pilot starb wenige Monate später in Südfrankreich bei einem Flug nach Rom.

Für viele Parisbesucher ein „Muss" ist natürlich die „Besteigung" des Montmartre. Von den Treppenstufen unterhalb der Kirche Sacré-Cœur hat man den wohl bekanntesten, oft verfilmten Blick über die französische Hauptstadt. Wer vom Aufstieg „fußlahm" ist, kann mit der „Funiculaire" den Berg wieder hinunter fahren. Die Bergstation befindet sich gleich unterhalb der Treppen von Sacré-Cœur.

Mein Tipp:
In vielen Reiseführern steht immer noch, dass man im Stadtteil La Défence auf das Dach des neuen Triumphbogens „Grande Arche" fahren kann. Dies ist schon länger nicht mehr möglich, die Dachterrasse ist nicht mehr für Besucher geöffnet. Was aber geht, ist der Aufstieg auf den „alten" Triumphbogen auf den Champs-Élysées.

Entdecke die Möglichkeiten

Beim Recherchieren von Reisezielen und Aktivitäten habe ich festgestellt, daß die spätere Durchführung manchmal nur noch an zweiter Stelle steht. Allein das Auffinden von unerwarteten Möglichkeiten, der Reiz bisher Unbekanntes aufzuspüren und nachzuerleben, entfacht so etwas wie Pioniergeist in mir.

Panzer, Pistenraupe oder Ziesel?

Ketten- und Raupenfahrzeuge üben auf mich seit jeher eine ungeheure Faszination aus, weil man mit ihnen sommers wie winters überall hinkommt. Ganze Landstriche wären ohne sie von der Außenwelt abgeschnitten, wenn zum Beispiel in Sibirien die Permafrostböden antauen und nur noch Schlammpisten zurückbleiben oder selbst in unseren Breiten bei der Schneekatastrophe von 1978/79. Wie sich diese Kraftpakete wohl steuern, wie es sich für Fahrer und Beifahrer anfühlt, wenn sie in Aktion sind?

In der Schweiz hatte ich einmal Gelegenheit, den Skipistendienst auf einer abendlichen Präparierungsfahrt zu begleiten. Diese PistenBullies sind in puncto Technik und Bequemlichkeit mit allem ausgestattet, was man sich nur vorstellen kann. So ein PistenBully hat mit 500 PS ordentlich Power unter der Haube und messerscharfe Stahlraupen, die sich bei der Berg- und Talfahrt sicher in den Schnee graben. Das Cockpit ist mit diversen farbigen Displays ausgestattet, und die Steuerung läuft größtenteils per Joystick. Drinnen ist es angenehm warm und außen bei Bedarf taghell, da der leistungsstarke (Such)Scheinwerfer das gesamte Gelände in gleißendes Licht taucht. In der Kabine sind die Fahrgeräusche dank perfekter Dämmung kaum hörbar, man fühlt einzig wie der Motor des schweren Gerätes in eine höhere Drehzahl wechselt, wenn er am Hang mit Schub- oder Planierarbeiten gefordert wird.

Fast surreal wirkt die Szenerie, wenn mehrere dieser Fahrzeuge bei Dunkelheit gleichzeitig auf Tour gehen und man ihre Standorte auf den Pisten nur noch an den Lichtkegeln ausmachen kann. Ein wahres „Raupen-Ballett" mit täglich neuer Choreographie. Ans Steuer durfte ich leider nicht.

Der kleine Bruder des PistenBully ist der „Ziesel", ein relativ neues Fahrzeug für den privaten Gebrauch. Hersteller ist die Tiroler Firma Mattro, die in der Nähe von Innsbruck ansässig ist. Aber auch bei uns kann man ihn an mindestens zwei Standorten Probe fahren.

Mein „Ziesel" steht nach Voranmeldung schon zur Abfahrt bereit und ist ein wahres Powerpaket mit Schnurrfaktor. Der elektrische Einsitzer steht in der Tat für ein außergewöhnliches Fahrerlebnis. Sein kräftiger Elektroantrieb, die intuitive Steuerung und die beeindruckende Geländegängigkeit lassen viele Anwendungen zu. Und das ohne Lärm und Abgase, dafür mit umso mehr Spaß-Faktor. Der „Straßen-Ziesel" wurde 2016 für die europäische Straßenzulassung neu gestaltet. Er verfügt über laufruhigere Gummiraupen, LED-Scheinwerfer, Blinker, Bremslichter und Rückspiegel.

Ferner über ein entsprechendes Bedienpanel und einen in die Armlehne integrierten Anzeige-Bildschirm. Immer mehr Landwirte setzen ihn als Arbeitsgerät ein. Aus meiner Sicht könnte er auch Senioren und gehbehinderten Personen sichere Ausflüge in unwegsames Gelände bzw. Offroad-Erlebnisse ermöglichen.

Auf ebener Strecke schafft die Raupe bis zu 35 Stundenkilometer, aber freilich steht sein Geländetalent im Vordergrund. Er bewältigt bis zu 60 Prozent Steigung, respektive Gefälle. Fahrerische Voraussetzungen bestehen fast keine, denn schon nach kurzer Einweisung und einer Platzrunde hat man das Elektrogefährt per Joystick gut im Griff. Dank eines Schnellladegerätes ist er in zweieinhalb Stunden für etwa vier Stunden einsatzbereit; bei sportlichem Action-Fahren entsprechend weniger. Sicherheit wird großgeschrieben, denn er verfügt neben einem Stahlrohrrahmen über Sicherheitsbremsen, Überrollschutz und Schalensitz mit 4-Punkt-Gurt. Dafür ist der „Alleskönner" bei Anschaffungskosten von rund 20.000.- Euro nicht gerade ein Schnäppchen.

Jetzt aber geht's los. Zunächst zuckeln wir im ersten Gang einen Plattenweg entlang und üben Vorwärts-Rückwärts-Rangieren. Dabei merken wir schnell, wie wendig das Teil ist und wie sensibel und prompt die Steuertechnik reagiert. Dann geht es ab ins Gelände und schon der zweite Gang zeigt, welche Power in dem „Ziesel" steckt. Auf dem leicht nassen Gras fliegen beim Anfahren nur so die Brocken und in der Schrägfahrt über Erdhügel und Paletten heißt es, mit Gefühl steuern. Wie gut, daß man durch den 4-Punkt-Gurt gut gesichert sitzt. Drückt man den Knauf im Vorwärtsmodus gleichzeitig nach rechts oder links, driftet man um die Kurve. Spätestens beim vierten Gang vibriert das ganze Gefährt und man sollte sich als wenig geübter Fahrer schon auf das Geschehen konzentrieren.

<u>Mein Tipp:</u>
Wer es einmal selbst ausprobieren möchte, findet unter dem Stichwort „Ziesel-Adventures" verschiedene Anbieter in Deutschland, der Schweiz und Österreich. Ein tolles Erlebnis zu jeder Jahreszeit, das sich auch als perfektes Geschenk und Gruppen-Event eignet.

Nun aber die Königsdisziplin. Manchmal hat es sogar etwas Gutes, wenn man sich verfährt. Während wir an einem Spätsommertag in der Region der Mecklenburgischen Seenplatte noch nach dem richtigen Weg suchen, erspähe ich am rechten Straßenrand ein kleines in den Boden gestecktes Schild. „Heute wieder Panzer fahren in der Damerow-Kaserne". Ich kann es kaum glauben und nur 200 Meter weiter biegen wir spontan in einen Sandweg ab. Schon beim Parken wird klar, hier steht ein ganzer Fuhrpark der ehemaligen NVA parat, um besichtigt und gefahren zu werden. Vor Ort stehen in ihrer Freizeit viele Helfer und Ex-Soldaten bereit. Der Eintritt ist frei, man wird um eine Spende gebeten. Plötzlich eine Dieselrauchfontäne und ein wummerndes Geräusch. Keine Ahnung, ob es ein Aufklärungs- oder Schützenpanzer ist, aber offensichtlich macht sich ein russischer T-34 zur Abfahrt bereit. Wer noch mitfahren will, muß sich sputen. Mit 20.- Euro pro Person ist man dabei.

Das wollte ich schon immer mal machen und ich denke gar nicht mehr darüber nach, ob ich die richtigen Schuhe oder geeignete Kleidung dafür anhabe. Welchen Platz ich einnehmen soll? Drinnen neben dem Fahrer im Düsteren mit Sehschlitzen oder besser oben auf dem Ausgucksitz? Die Entscheidung wird mir abgenommen, da nur noch der Außenplatz frei ist. Kaum sitze ich, brummt das Stahlmonster auch schon los und bockt nach vorne. Noch bevor ich mich richtig festhalten kann, schlage ich mit dem Oberschenkel schon gegen eine Kante oder dicke Eisenschraube. Ein stechender Schmerz, aber der Panzer nimmt immer mehr Fahrt auf. Er saust eine Sandpiste entlang und steuert ins unwegsame Gelände. Wie schnell so ein Ding ist, war mir gar nicht bewußt. Da ich auf dem höchsten Punkt sitze, sehe ich gerade noch, daß er in voller Fahrt auf mehrere Sandgruben zusteuert. Wie war das doch gleich? Man solle sich melden, wenn was ist. Ich rufe etwas wie „langsamer bitte", aber das hört natürlich niemand bei dem röhrenden Maschinenlärm. Wie auf einer Achterbahn geht es dahin. Wasser spritzt, Sand stäubt in der Kurvenfahrt auf. Verkrampft suche ich Halt an einem Griff und schwupp, schlägt mein rechtes Knie gegen irgendeine Stahlplatte. Ich wollte es so, da muß ich jetzt durch. Schräg unter mir kann ich durch einen Spalt den Fahrer beobachten, wie er die ruppige Gangschaltung bedient. Mit begeisterter Konzentration hat er das Gefährt im Griff. Er trägt übrigens einen gepolsterten militärgrünen Anzug sowie eine Kappe. Wenn ich an meine blauen Flecken denke, weiß ich warum. Außerdem dürfte es in so einem Stahlungetüm im Winter sehr kalt werden. Es soll zwar eine Standheizung geben, aber mit Sicherheit schafft es diese nicht auf die gemütlichen 20 Grad des PistenBully.

Für einen kurzen Moment fühle ich mich wie bei der TaxiBob-Fahrt im lettischen Sigulda. Der Höllenritt die 1200 Meter lange Bobbahn mit ihren 16 Kurven runter dauerte nur um die 65 Sekunden. Angesichts der bei bis zu 100 Stundenkilometer wirkenden Fliehkräfte auf die Halswirbelsäule gefühlt die längste Minute meines Lebens.

Am Ende des Waldrandes geht es noch einmal nach rechts und der Ausgangspunkt kommt wieder in Sicht. Gerade fing es an Spaß zu machen, als der T-34 Gas rausnimmt und nach einer Drehung fast auf der Stelle langsam wieder in die Ausgangsposition rollt. Drei Tage später ist fast mein ganzer Oberschenkel lila-blau; auch eine Art Reisesouvenir.

Boßeln was das Zeug hält – ich geb' mir die Kugel

Es ist Samstag und am Ortsrand von Wulmstorf (nahe Hamburg Harburg) sammelt sich ein buntes Völkchen von elf Männern und Frauen. Routiniert tragen sie je eine zwölf Zentimeter große und zirka 800 Gramm schwere Hartkugel aus Holz oder Gummi bei sich. Ferner einen sogenannten Gaffel, um die Kugel bequem aufzuheben oder im hohen Gras zu suchen.

Dankenswerterweise darf ich einmal für gute zwei Stunden in diesen friesischen „Nationalsport" reinschnuppern. Die Cracks betreiben dieses „Openair-Kegeln" auch wettkampfmäßig bis hin zu Deutschen und Europa-Meisterschaften. Außer in Deutschland wird vor allem in den Niederlanden, Irland und Spanien erfolgreich geboßelt.

Willi, unser netter Gastgeber und selbst ein begnadeter Spieler, informiert darüber, daß der Ursprung des Boßelns im „Klootschießen" liegt, dessen Lehmklumpen ursprünglich als Verteidigungswaffe gedacht waren. Während die Armschleudertechnik des Klootwerfens schwer zu erlernen ist, ist die Technik des Boßelns entlang von Straßen und Wegen relativ leicht erlernbar und auch für ein breiteres Publikum zugänglich. Mit der Bildung von Boßelklassen und -ligen für Männer und Frauen um 1900, erlebte der friesische Nationalsport einen erneuten Aufschwung und ist seither ein fester Bestandteil des sportlichen und kulturellen Treibens.

Worum geht es?

o   *Eine Boßelstrecke von vier bis sechs Kilometern mit möglichst wenig Straßenverkehr suchen. Es kann ein Rundkurs oder eine Strecke mit Wendemarke ausgewählt werden.*

o   *Mannschaften von vier bis sechs Boßlern pro Gruppe sind für das Spielen oder einen Boßel-Wettkampf am besten geeignet.*

o   *Ziel des Boßelns ist es, für eine vorgegebene Strecke weniger Würfe zu benötigen als das gegnerische Team.*

o   *Die Teams starten an einer Abwurflinie. Team 1 startet, Team 2 legt nach. Es wirft immer die hinten liegende Mannschaft zuerst. Werfer 2 von Team 2 folgt demnach mit Wurf 3, usw. Am Ende wird über eine Ziellinie geboßelt.*

Beim Boßeln ist es besonders wichtig, sich vor dem Wurf über die Beschaffenheit der Strecke zu informieren. Bei geraden oder übersichtlichen Strecken ist es möglich, einen kräftigen und wuchtigen

Wurf auszuführen. Boßler der sportlichen Ligen nehmen einen kräftigen Anlauf, reißen den Wurfarm kurz vor dem Wurf nach hinten und lassen ihn dann mit großer Kraft und Genauigkeit nach vorne schnellen. Die Kurventechnik ist ausgefeilter und erfordert einen gefühlvolleren Wurf. Geboßelt wird im Grunde das ganze Jahr, auch im Schnee. Bei Glätte sollte man es aus Sicherheitsgründen lieber lassen. Doch bevor es los geht, das Wichtigste: unterhalb eines Verkehrsschildes wird der Hinweis „Boßler unterwegs" angebracht.

Dann geht es auf die Strecke, und zwar ohne alkoholbeladenen Bollerwagen, wie man es immer so liest. Spiel-Spaß ja, Party-Gaudi nein. Gott sei Dank liegen rechts und links weder Kuhfladen noch Entwässerungsgräben, wo man die Kugeln im Zweifelsfall herausfischen muß. Schnell merkt man, daß es zwar Grundregeln und Empfehlungen gibt, welchen Standpunkt man am besten einnimmt oder wie man die Kugel am besten wirft, andererseits scheint so jeder seine eigene Wurftechnik und Erfahrung mit dem Gelände zu haben. Außerdem sind einige ältere Kugeln eher abgegriffen, liegen dafür aber sicherer in der Hand. Neue sind glatter und rollen dafür besser.

„Kiek-ut" – Achtung, die Boßel kommt! Dabei gehen einige Spieler beim Abwurf mit Anlauf optisch recht wild zu Werke, andere eher ruhig und körperkontrolliert. Der Erfolg ist jedoch oft abhängig vom Feingefühl im Schulter- und Handgelenk sowie jahrelanger Übung im „Lesen der Strecke" hinsichtlich Gefälle, Krümmung und Randstruktur – ähnlich wie beim Golf spielen. Männer erreichen dabei durch mehr Schwung und Drive meist größere Strecken, manchmal bis zu 250 Meter pro Wurf. Aber man merkt schnell, daß dies noch lange keine Distanzgarantie ist. Denn insbesondere eine hoch springende Kugel kann schnell im Grün landen, anstatt wie von einem magisch gezogenen Faden an der Randkante zur Grasnarbe hin zu rollen. So können auch Frauen mit wenig Kraftaufwand gute Längen erzielen, denn manchmal kullern die Kugeln durch Effet beim Abwurf aus der Grasnarbe auch wieder auf die Wegfläche. Es gibt nichts, was es nicht gibt. Selbst Kugeln, die wundersam einer Kurve folgen. Schon die kleinste Unebenheit kann alle Siegesträume beenden. Ebenso Steinchen oder Ast-/Blattreste, die man aus der Entfernung gar nicht sehen kann, machen einen guten Wurf auch für Experten schnell zunichte.

Unfälle gebe es selten, sagen die Spieler. Außerdem habe jeder Club eine Versicherung für den Fall, dass die Werfer mal den Scheinwerfer eines Autos oder einen Gartenzaun beschädigen. Wie praktisch, daß ein Mitspieler ehemaliger Polizist ist. Bessere und schlechte Würfe mit meiner blauen Kugel wechseln sich ab und die Zeit kugelt nur so dahin. Dabei darf auch mal geplaudert und ein Witzchen gemacht werden. Vor allem unser Senior „Didi" ist als ehemaliger Top-Spieler trotz seiner 85 Jahre immer noch voll dabei und fit.

Weil man nicht aus gebeugter oder verdrehter Haltung werfen muß, eignet sich die Sportart für Jedermann bis ins hohe Alter. Das mache ich mal wieder, dann gerne mit einem abschließenden „Klönsnack" bei Kuchen und Friesentee mit „Schuß".

Toll trieben es die alten Römer

70 Kilogramm Sauvignon-Blanc-Trauben zum Kilopreis von 1,40 Euro liegen vor mir in einem halben Holzfass, das sorgfältig mit Folie ausgeschlagen ist. Gelobt wird ihr Öchslegrad, der natürliche Zuckergehalt zur Bestimmung des späteren Alkoholgehaltes. 95 Öchsle sind in der Tat ein hoher Wert und die Trauben schmecken im Gegensatz zu den eher säuerlichen Rieslingtrauben köstlich aromatisch. Konkret bedeutet dies 200 Gramm Zucker auf einen Liter Saft, also nichts für eine Diät.

Aber der Reihe nach: Nach langer Suche habe ich bei den „Vier-Jahreszeiten-Winzern" in Friedelsheim endlich einen Ort gefunden, wo man auf Anfrage die Reben ausnahmsweise noch mit den Füßen treten kann. Ganz so, wie der Wein schon vor Jahrhunderten oder gar Jahrtausenden gekeltert wurde. Die ältesten Hinweise auf den Weinbau finden sich in Georgien. Dort fand man Reste von Tonkrügen, die aus der Zeit um 6000 v. Chr. stammen und mit Traubenreliefs dekoriert sind.

Ich rolle an einem sonnigen Septembertag auf den Winzerhof und werde von Gutsverwalter und Kellermeister empfangen. Beide blicken noch etwas skeptisch drein, stimmen mir aber zu, daß man diese Erfahrung durchaus einmal machen sollte. Das Fass steht bereits direkt vor der eigentlichen Kelteranlage und die anderen Mitarbeiter sind emsig mit einer der letzten Pressungen für dieses Jahr beschäftigt. Überall stehen und lagern Bottiche und etliche 10 000-Liter-Fässer. Vor den Sauvignon-Blanc-Trauben, war der Chardonnay dran, den man im Laden gerade als Neuen Wein kaufen kann.

Vorsichtig stecke ich einen Fuß in die Trauben. Die erste Berührung ist sehr zart und angenehm, weil sie durch einen Vollernter bzw. Rüttler weitgehend ohne Stiele und Stengel geerntet wurden. Die Masse fühlt sich etwa so wie der schlammige Rand eines Moor-Sees an. Zu meiner Überraschung sind die Trauben trotz des schönen Wetters mit etwa 15 Grad Celsius doch kälter als gedacht. Man erntet bevorzugt in den frühen Morgenstunden, damit die Trauben entsprechend kühl bleiben, um den folgenden Gärprozeß besser steuern und kontrollieren zu können.

Aber weiter. Mit zunehmender Tretbewegung wird das Kältegefühl etwas gemildert und schon nach rund drei Minuten sind erste kleine Saftlachen zwischen den Trauben zu sehen. Durch das Stampfen und Marschieren spritzt es zunehmend, die Trauben werden glitschiger und man muß auf sein Gleichgewicht achten.

Während in Deutschland für die normale Produktion niemand mehr zeitaufwendig Trauben per pedes keltert, trifft man diese Methode in Sardinien, Spanien und Portugal noch häufiger an. Insbesondere bei der Portweinproduktion soll es nämlich sehr vorteilhaft sein, wenn beim Pressen die Kerne nicht beschädigt werden und so keine Bitterstoffe austreten.

Während ich so vor mich hin trete, lerne ich im Gespräch, daß man trotz Trockenheit für 2020 mit einem insgesamt guten Ernteergebnis bei guter Qualität rechne. Das Problem sei weniger die geringere Menge. Aber angesichts der Trockenheit konnten die Reben die typischen Bodenmineralien nicht in vollem Umfang aufnehmen, was zu einem leicht veränderten Geschmack führen kann.

Als ich aus dem Fass aussteige, fühlen sich die Füße ganz weich an, so als ob man eine dicke Schicht „Feuchtigkeitscreme" aufgetragen hätte. Wie hoch der Zuckergehalt ist, spürt man extrem, denn bis auf Wadenhöhe fühlt sich die Haut klebrig an. Da hilft nur eine nachhaltige Reinigung mit Wasser und kräftiges Abreiben mit einem Handtuch.

Nun muß der edle Rebensaft natürlich noch in einen Transportbehälter gefüllt werden. Im Idealfall hat das Fass unten einen Auslauf-Hahn, hier muß der Saft aber mit der Hand abgeschöpft werden. Das dauert etwas, aber man kann dabei so herrlich probieren. Lecker, was für ein Aroma.

Der gesamte Gärprozeß dauert übrigens nur zehn Tage. Dann setzt sich die Hefe am Boden ab, stellt ihre Arbeit der alkoholischen Gärung ein und der eigentliche Reifeprozeß im Faß kann beginnen. So ein leichter frischer Wein erreicht dann schon nach ein bis zwei Jahren seinen Höhepunkt. Der einzige Wein, der noch im selben Jahr nach der Ernte im Juli verkauft werden darf, ist der „Beaujolais Primeur" aus dem gleichnamigen französischen Weinbaugebiet nahe Lyon. Ansonsten wird keine Biomasse verschwendet, denn aus den Traubenschalenresten, dem Trester, läßt sich noch ein herrlicher Tresterbrand herstellen. Der Begriff „Keltern" stammt übrigens vom lateinischen calcare, „mit Füßen treten" ab.

Was für ein Vormittag. Es wurde viel gelacht und ich konnte den beiden Experten alle meine Fragen zum Thema „Weinproduktion" stellen. Mit fünf Litern frischem Traubensaft und einer Flasche Neuem Wein aus dem Genossenschafts-Laden mache ich mich wieder auf den Heimweg. Die Hälfte will ich als Traubensaft konsumieren, den Rest zum Moussieren bringen. Den restlichen Saft, sprich Most, habe ich vor Ort zurückgelassen. In die offizielle Weinproduktion wird er jedoch nicht zurückgeführt, da dies nicht den EU-Hygiene-Regeln entspricht.

Strahlend schön trotz Endzeitstimmung

Keine Sorge, hier geht es nicht ums Altern. Jeder Mensch hat tatsächlich nicht nur eine Ausstrahlung, sondern auch seine individuelle natürliche Strahlung. Auf meiner Hand wurden schon vor Betreten des Reaktorgebäudes laut Meßgerät 124 Milli-Sievert gemessen.

Als am 26. April 1986 nach einer misslungenen Simulation eines Stromausfalls der Reaktor in Tschernobyl explodierte, wären die Meßgeräte wohl kollabiert. Die Weltgesundheitsorganisation (WHO) schätzt, daß die Radioaktivität von Tschernobyl insgesamt zweihundertmal höher war, als die freigesetzte Radioaktivität der Atombomben von Hiroshima und Nagasaki zusammen. Am Morgen dieses 26. April ereigneten sich zwei Explosionen in Block 4 von Tschernobyl, die den Reaktor komplett zerstörten. Die Explosionen trieben große Wolken aus radioaktiven Gasen und Schutt bis zu neun Kilometer hoch in die Atmosphäre. Etwa 30 Prozent der 190 Tonnen Kernbrennstoff des Reaktors wurden über das Reaktorgebäude und angrenzende Gebiete verteilt sowie etwa ein bis zwei Prozent in die Atmosphäre geschleudert. Der nachfolgende Brand wurde von 1700 Tonnen Graphit genährt und dauerte acht Tage an. Dieser Brand war letztlich der Hauptgrund für das extreme Ausmaß der Nuklearkatastrophe.

Und dann kam Fukushima, wo es aufgrund eines Tsunamis bzw. einer dadurch verursachten Stromunterbrechung im Kühlsystem zur Kernschmelze kam.

Ich schaudere und dennoch möchte ich wissen, wie so ein Atomkraftwerk von innen aussieht. Ich möchte wissen, wie eine Turbinenwelle funktioniert und das Vibrieren dieser größten, vom

Menschen entwickelten Maschine im Maschinenhaus spüren. Einmal in den Kühlturm treten und sein gewaltiges Echo hören oder ihn besteigen – wenn auch nicht ganz, denn der ist im konkreten Fall 153 Meter hoch. Das und vieles mehr kann man bei einem geführten Besuch in einem Atomkraftwerk wie Philippsburg (inzwischen außer Dienst) erleben. Zudem erfährt man dabei Wissenswertes rund um die Energieerzeugung aus Kernkraft, die bald ein Ende haben wird. 2020 wurde auch hier Block 2 abgeschaltet. Block 1 ist bereits seit März 2011 heruntergefahren, was aber nicht auf Knopfdruck funktioniert, sondern Monate dauert. Auch der endgültige Rückbau der Türme und Anlagen dürfte sich noch über Jahre hinziehen.

Immerhin kann bei Maximalauslastung eine Leistung von rund 1500 Megawatt Strom erzeugt werden, was einer 10 Milliarden Kilowattstunden-Leistung pro Jahr entspricht, die ins Leitungsnetz eingeschleust werden. Sie werden mit bis zu 350 000 Volt und durch mehrere Stromtrassen auf Reisen geschickt. Steht man in der Nähe dieser Kabelbündel, kann man selbst aus fünf Meter Entfernung noch deutlich das Knistern der Hochspannungsleitungen hören.

Also los … Sicherheit wird großgeschrieben, daher kommen auf sechs Besucher stets zwei Begleitpersonen. Ausgestattet mit Identitätsausweis, Dosimeter, Sicherheitshelm und einem Overall sowie Überschuhen geht es auf die mehrstündige Tour. Mehrfache Personenkontrollen bei Ein- und Austritt zwischen den Gebäuden sowie mehrere Sicherheitsschleusen und Strahlenmeßstellen werden während des Besuchs sowie beim Verlassen des Werkes durchschritten. Dabei tritt je eine Person in eine gläserne Mini-Schleuse und muß dort mit gespreizten Beinen und Armen jeweils gleichzeitig bestimmte Kontaktplatten an der Instrumentenwand berühren. Der Meßvorgang dauert zirka 15 Sekunden und die Schleusentür öffnet sich nur dann automatisch, wenn keine erhöhten Strahlenwerte nachgewiesen werden. Optisch ist das Ambiente eine Mischung aus Flughafen und Raumschiff Enterprise.

Sowohl beim einleitenden Vortrag, als auch während der Führung durch Reaktorgebäude, Maschinenhaus sowie Kühlturm, gewinnt man den Eindruck, dass alle Beschäftigten nicht nur professionell, sondern auch bei bester Laune ihre Arbeit erledigen. Wohl wissend, dass trotz mehrfacher Sicherungs- und Kontrollsysteme immer ein Restrisiko bleibt.

Auch wir müssen in manchen Abschnitten weiße Schutzkleidung tragen, damit kein „Stäubchen" nach innen gelangt. Denn insbesondere chemische Elemente des täglichen Lebens können an diesem Ort ungewollte Reaktionen auslösen. Nach einer Druckschleuse, deren zentimeterdicke Gußeisentüren sich gespenstisch nur von außen schließen und öffnen lassen (nichts für Klaustrophobiker), stehen wir schließlich in der Reaktorkuppel und schlagartig steigt die Temperatur auf mindestens 30 Grad an. Der Blick auf das Königsblau des Kühlbeckens ist atemberaubend und man kann die einzelnen Brennelemente gräulich schimmern sehen. Wir stehen etwas erhöht auf einer Metallplattform und können rundum auf gleich mehrere blaue Becken blicken. Ich kann meinen Blick gar nicht davon lassen. Schaurig schöne Karibikstimmung.

Da bis heute die Endlagerfrage weltweit, nicht nur in Deutschland, nicht abschließend geklärt ist, und Castoren-Transporte bis auf Weiteres untersagt sind, muß nun jedes KKW sein eigenes Zwischenlager für die ausgedienten Brennstäbe vorhalten.

Was wird, wenn die Energiegewinnung durch Atomkraft endet? Diese Energieversorgungslücke muss, um unseren gewohnten Lebensstandard aufrecht erhalten zu können, kompensiert werden. Dies gelingt derzeit durch die bekannten alternativen Energiequellen noch nicht im vollen Umfang. Also doch verstärkte Erdgaszukäufe aus Russland via Nord-Stream 2? Altbundeskanzler Schröder läßt grüßen.

Der Satz „der Strom kommt aus der Steckdose" stimmt zwar, zu oft wird jedoch nicht gefragt, wie er entsteht. Diese Frage zufriedenstellend zu beantworten, ist eine der Herausforderungen des

21. Jahrhunderts, denen sich eine Konsumgesellschaft stellen und schnellstens Antworten finden muss. Jede Medaille hat eben zwei Seiten.

Nun aber steht noch der Kühlturm auf dem Programm. Auf einer Außenwendeltreppe steige ich bis zum höchsten Punkt und habe eine weite Übersicht über das ganze Gelände bis hin zum Rhein. Dann heißt es das Echo testen, der Weg führt mich also wieder nach unten und ins Innere des Kühlturmes. Von hier unten wirkt er noch gigantischer, als von außen.

Die hohen Kühltürme in Eieruhrform waren bei Gebrauch nicht etwa voll mit Wasser. In den Kühltürmen wurde das erwärmte Kühlwasser in einen etwas erhöhten Bereich gepumpt und rieselte dort dann in feinen Tropfen über Platten nach unten in ein Becken unterhalb des Turms, der sogenannten Kühlturmtasse. Beide Türme von Philippsburg waren Naturzug-Nasskühltürme – der Letzte wurde 2020 gesprengt. Die Form der Kühltürme wird stets so gewählt, dass ein natürlich aufsteigender Luftzug zum Kühlen des Wassers genutzt werden kann. Im Luftzug kühlen die feinen Tropfen des warmen Wassers ab. Dabei verdunstet ein Teil des Wassers und wird von der Zugluft mit nach oben getrieben. So entsteht der typische Nebelschweif oberhalb des Kühlturms, dessen Form und Grauschattierung von der jeweiligen Wetterlage abhängig ist. Das restliche, nicht verdunstete Wasser sammelt sich in der Kühlturmtasse und wird mit etwa 28 Grad Celsius dem Rhein zugeleitet. Auf kleinen Stegen laufe ich mit den anderen Teilnehmern noch eine Weile über den vergitterten Untergrund, der an vielen Stellen leicht modrig riecht und mit einem grünlichen Moos- oder Algenschimmer überzogen ist.

Das stets mitgeführte Dosimeter hat übrigens nicht angeschlagen und stand stets auf null. Alles nur eine Frage der Software-Manipulation? Dieser Gedanke wäre zynisch.

<u>Meine Tipps:</u>

1. *Das „Besucherbergwerk Förderbrücke F60" befindet sich am Berg-heider See nahe Lichterfeld in der Lausitz. Die hier begehbare Abraumförderbrücke (502 Meter lang, 80 Meter hoch) wurde bis 1992 im Braunkohlentagebau eingesetzt. Von hier aus hat man, ebenso wie im Gebiet Garzweiler im Rheinischen Braunkohlerevier, einen weiten Blick über die kahlen Abraumhalden des Fördergebietes. In beiden Fällen eine gigantisch anmutende Mondlandschaft. West-lich von Grevenbroich kann man die riesigen Schaufelradbagger aus der Ferne noch bei der Arbeit beobachten.*

1. *Skilaufen auf Sand oder Sand-Boarding ist nicht nur auf Wüsten-dünen der Arabischen Halbinsel, der Dune du Pilat (110 Meter hoch, 2,7 Kilometer lang) nahe Arcachon oder im polnischen Łeba mit Blick auf die Ostsee möglich (vorher gegebenenfalls die Erlaub-nis einholen), sondern auch auf dem „Monte Kaolino" in Hirschau unweit Selb in der Oberpfalz. Hierbei handelt es sich um eine Auf-haldung von feinstem Quarzsand. Hier gibt es sogar einen Lift und entsprechend breites Leihski-Material. Die Abfahrtstrecke ist zwar nur 260 Meter lang, bietet mit 35 Grad Neigung aber ein echtes al-pines Erlebnis.*

2. *Unter dem Stichwort „Happy Landings" findet man in der Nähe von Frankfurt ein vielfältiges Flugsimulator-Angebot, wo man zu erschwinglichen Preisen stundenweise ein Fluggerät seiner Wahl fliegen kann. Vom Jet über Verkehrsflugzeuge bis hin zu histori-schen Militärmaschinen ist alles vorhanden. Ein wahres 4D-Erlebnis an der Seite und unter Anleitung eines erfahrenen Piloten. Abheben und Fliegen ist nicht sonderlich schwer, Landen schon. Piep, piep – plötzlich gehen alle Alarmsignale an, das Heck der Ma-schine driftet nach einer Sinkflugkurve beim Landeanflug scheinbar weg und die Boeing 737 setzt schlingernd neben dem Rollfeld auf.*

Dann wird es still und eine Computerstimme sagt: „Sie sind soeben gelandet, wahrscheinlich sind sie verletzt".

3. *In Grasse zum Beispiel bei der Firma Galimard sein eigenes Parfum kreieren. Der Workshop dauert zwei bis drei Stunden und die erarbeitete Formel wird viele Jahre im Unternehmen archiviert. Die individuelle Duftnote wird dabei nicht nur zum sehr persönlichen Eau de Parfum verarbeitet, sie dient auch als Duftgrundlage für ein passendes Duschgel, Bodylotion oder Aftershave. Wir haben unsere Fragrances „Esprit de Ballon" (ein grasartiger herber Waldgeruch für einen ehemaligen Fußballspieler) und „Esprit de Glace" (minzig-kühl als Referenz an meine Eiskunstlaufkarriere) genannt.*

4. *Wer körperlich fit ist, mag sich für ein paar Tage bei der Veilchenernte in Südfrankreich verdingen. Diese findet bereits im Februar/März unter anderem in der Umgebung von Grasse statt. Dabei heißt es allerdings in aller Frühe aufstehen und mehrere Stunden am Tag in der Hocke oder auf dem Bauch liegend einzelne Blüten zupfen. Die vor Ort angebotenen kandierten Veilchen oder frisches Veilcheneis auf der Basis von Schafsmilch sind einfach köstlich.*

Winter in Skandinavien

Dahin, wo die Winter noch Winter sind. Bereits einige Male habe ich Skandinavien im Winter bereist. Als ich das erste Mal 1992 in ein Reisebüro ging, um erste Erkundigungen einzuholen, fragte mich die Dame hinter dem Counter: „Wollen Sie ihren Mann umbringen?". Wir wurden schließlich bei einem Spezialveranstalter fündig, der ein Tourenangebot im individuellen Bausteinmodus bot. In den Folgejahren fanden sich andere Reiseformen, so die Teilnahme an einem Skirecht-Seminar, die mich in die weiße Wildnis führten. Bisher erfolgten alle Anreisen mit dem Flugzeug über die Drehkreuze Stockholm oder Helsinki. Zwar war ich in Norwegen im Winter schon mit der Bergenbahn samt vorgespanntem Schneepflug von Oslo nach Geilo unterwegs, ein weiteres Highlight aber sollte eine Fahrt mit dem schwedischen „Polar-Express" bis zum Nordkap sein.

Schneezauber in Schweden und Finnland

Um es gleich vorweg zu nehmen: Gerade Weihnachten im sprich-wörtlich „Hohen Norden" ist einfach zauberhaft. Von Anfang an kommt man sich wie in einem Märchenland vor. Alles ist weiß gezuckert, tief verschneit und sehr ursprünglich. Besonders in den kleinen Hotels oder ländlichen Unterkünften, wo stets ein Kamin-feuer brennt und nach guter alter Sitte immer Kerzenleuchter oder Windlichter im Fenster stehen, geht es sehr familiär zu.

Karelien, ein Tag vor Weihnachten:

„Wir ziehen hinaus in den Wald und holen unseren Weihnachts-baum", so lautete der gemeinsame Programmpunkt. Wer möchte sich da ausschließen? Zusammen mit einem als „Elf" verkleideten Ranger und zehn weiteren Gästen machen wir uns also auf den Weg. Da es um diese Jahreszeit am Polarkreis nie richtig hell wird, auch wenn der Himmel wolkenlos ist, starten wir bereits gegen 14.00 Uhr in die Dämmerung hinein. Nach gut zwanzig Minuten erreichen wir durch den Wald eine kleine Lichtung. Natürlich wurde seitens des Hotels bereits eine Baumauswahl getroffen. Schließlich geht es hier ja nicht um ein Bäumchen, sondern einen Baum von drei bis vier Meter Höhe. Den Stamm sägt man nicht einfach so durch. Das edle Stück ist also schon vorgesägt und nach nur wenigen Sägeschnitten heißt es „Baum fällt". Und selbstver-ständlich liegen auch schon Schnüre parat, um den Baumtransport handlicher zu machen. „Hebt an" ... das klingt in Finnisch einfach zu lustig. Abwechselnd schleppen immer sechs bis acht Personen am Bäumchen, was zunächst leicht von der Hand geht, mit Dauer des Weges aber anstrengender wird. Immerhin kühlt man so bei minus 11 Grad nicht zu sehr aus. Bei Rückankunft werden wir schon mit heißem Moltebeerensaft empfangen und die Tanne wandert an ihren dafür vorgesehenen Platz im Haus.

Tags darauf am 24. Dezember gibt es mittags traditionell warmen Grießbrei oder Milchreis mit viel Zimt und Zucker. Ich esse das für mein Leben gerne. Danach schmücken alle gemeinsam den Baum.

Die Gäste wurden bereits vorab gebeten, passenden Holzschmuck oder Strohsterne mitzubringen. Alle sind plötzlich wieder Kind und begutachten nach etwa 30 Minuten das Gesamtkunstwerk. Wer möchte, kann darunter auch die Geschenke für seine Lieben auslegen. Dann werden in der Runde traditionelle Weihnachtslieder angestimmt, meist auf Finnisch. Natürlich ist auch der berühmte „Rudolph, the Red-Nosed Reindeer-Song" dabei. Versuchen Sie diesen Text als Sprachunkundige mal auf Finnisch zu singen – auf jeden Fall eine Riesengaudi:

Petteri Punakuono
oli poro nimeltään.
Ollut ei loiste huono
Petterimme nenänpään.
Haukkuivat toiset illoin,
majakaksi pilkaten.
Tuosta vain saikin silloin
joulupukki aattehen.

Zum Abendessen präsentiert sich das Restaurant-Team in Trollkostümen und begleitet uns tanzend zu den Plätzen. Nach dem Aperitif folgt als Vorspeise geräucherter Bärenschinken, dann Rentier-Gulasch mit Kartoffelbrei und abschließend Eis mit heißen Früchten. Sehr lecker, wie sonst würde ich mich heute noch daran erinnern. Rentier schmeckt übrigens wie Wild, ist im Geschmack nur etwas intensiver. Für mitteleuropäische Geschmacksnerven nimmt man einfach weniger davon. Entsprechend ist auch die Fleischauflage für einen Rentier-Burger bei ansonsten gleichem Rezept erheblich dünner.

Wer möchte kann gegen 22.00 Uhr noch an einer Mitternachtsmesse teilnehmen. Die Fahrt zu der kleinen traditionellen Stabkirche ganz aus Holz nahe der russischen Grenze erfolgt per Bus oder Pferdeschlitten. Ausnahmsweise haben wir mal den gut geheizten Bus genommen und am nächsten Morgen erst einmal richtig ausgeschlafen.

Finnen tanzen übrigens gerne eine Art Tango, was das abendliche Highlight am ersten Weihnachtsfeiertag werden sollte.

Outdoor-Spaß in der Winterwildnis

Vieles ist möglich, man braucht nur die passende Kleidung. Dabei ist hier von speziellen Thermoanzügen die Rede, die man komplett über das sonstige Winteroutfit anzieht. Ja richtig, erst einmal alles anziehen, was man hat: Skiunterwäsche, Wollrolli, Ski-Overall, Mütze, Handschuhe und dann darüber noch die Thermokleidung plus Thermo-Handschuhe. Man kann sich dann zwar nur noch schwer bewegen und fühlt sich wie ein Astronaut. Ohne dieses Schichtsystem könnte man um diese Jahreszeit allerdings keinen längeren Ausflug mit dem Motorschlitten wie dem Ski-Doo unternehmen.

Nach kurzer Bedienungseinweisung an den Raupen-Fahrzeugen brummen wir ab. Eigentlich ist mir immer noch kalt und nach einigen Kilometern schmerzt bereits der rechte Daumen vom dauernden Drücken des Gaszuges. Wenn der Konvoi aus sieben Schlitten hält, ist stets ein bestimmtes „Procedere" einzuhalten. Der Frontmann hebt dann den rechten Arm gut sichtbar senkrecht in die Höhe, das Zeichen für alle auf ihren Positionen dahinter anzuhalten. Nach ein paar Richtungswechseln im Wald habe ich mittlerweile keine Orientierung mehr. Zurückfinden würde ich allenfalls anhand der Scooter-Spuren, darauf würde ich es lieber nicht ankommen lassen.

Nach 40 Minuten ist endlich der Zielpunkt, ein See, erreicht. Zu sehen ist das Wasser natürlich nicht, nur eine baumlose fast kreisrunde Fläche läßt erahnen, daß hier kein Land unter unseren Füßen ist. Unser Guide springt mal eben schnell vom Gefährt, fegt ein paar vor Ort gebunkerte Strohballen und Brennholz vom Schnee frei, entfacht mit Reisig ein Lagerfeuer und setzt einen Kessel mit Schnee zum Schmelzen auf. Das Ganze dauert keine fünf Minuten. Ein wärmendes Feuer ist im Zweifelsfall überlebenswichtig. Bevor es zum Eisangeln geht, drehe ich noch ein paar schnellere Extrarunden auf dem „Schnee-See." Die Sonne lacht und es ist fast windstill. Mit nur minus 8 Grad ist es für Ende Dezember geradezu mild.

Klar, das Tee- bzw. Kaffeewasser kocht schon, aber das Essen muß man sich erst noch fischen. Also her mit dem Eisbohrer und auf die Knie. Nach kurzer Anleitung geht das Kurbeldrehen recht gut von der Hand und der Bohrer schraubt sich knirschend in die Tiefe. Aber das Eis ist dicker als gedacht und so heißt es kurbeln, kurbeln, kurbeln, bis das Wasser endlich aus 35 Zentimeter Tiefe hochschießt. Das Angeln selbst ist keine Kunst. Einfach, aber ohne Handschuhe (!), je ein Mehlwürmchen an die drei an der Schnur befestigten Häkchen stecken und rein damit ins Eisloch. Noch etwas mit dem Haltestöckchen wippen und schon zappelt ein kleines Fischlein am Haken. Bereits nach knapp 15 Minuten ist es vollbracht und zwei kleine Barsche liegen gut gekühlt neben meinem Eisloch. Unser Guide erledigt das Ausnehmen und schwupps halten alle ihre Steckerl-Fische über das Feuer. Sobald man aber sitzt und das Feuer herunterbrennt, wird es sehr schnell kalt und schließlich bin ich froh, daß wir den Rückweg antreten. Brr... selten habe ich mich so auf den Saunagang gefreut.

Selbst Kleinstkinder werden hier bis minus 15 Grad täglich im Schlitten-Kinderwagen spazieren gefahren. Auch sie sind dabei so reichlich ausstaffiert, das ihre Ärmchen teils ganz steif in die Höhe stehen. Danach geht's ab in die Sauna, ebenfalls mit den Kleinen auf dem Arm. Selbst Babies ab sechs Monate sind mit von der Partie. Ganz dosiert werden sie zur Stärkung des Immunsystems nach und nach an die Temperaturunterschiede gewöhnt. Alle sehen gesund und rosig aus. Andere Länder, andere Sitten.

Noch extremere Temperaturen haben wir einmal im finnischen Kuusamo erlebt. Dort zeigte das Außenthermometer gegenüber der Sprungschanze morgens beim Frühstück vor Tagesanbruch minus 32 Grad. Mit Sonnenaufgang konnte man Minute für Minute mit verfolgen, wie das Thermometer anstieg. Nach zwei Stunden waren es dann „nur" noch minus 18 Grad. Gegen 11.30 Uhr machten wir uns schließlich zum Alpin-Skilaufen auf, freuten uns nach zwei Stunden aber wieder ins Warme zu kommen. Auch wenn man nur schwer vom zauberhaften Anblick der in zartrosa oder grau-lila Licht getauchten Landschaft lassen kann, wo kleine Bergkiefern unter den Schneelasten nur noch als Dreiecke erscheinen.

Ich bin dann mal weg. Morgen muß ich schließlich fit sein, denn die Teilnahme an der „Lappen-Olympiade" steht an, aber das ist eine andere Geschichte.

<u>Mein Tipp:</u>
Sollten Sie einmal Gelegenheit haben, an einer sogenannten „Lappen-Olympiade" teilzunehmen, fühlen Sie sich geehrt. Der kleine sportliche Wettkampf besteht in der Regel aus den vier Disziplinen: Lasso-Zielwurf, Absolvieren eines Parcours mit Schneeschuhen, 100 Meter Tandemskilauf und Rentierschlitten fahren. Da diese Gefährte eher einem Holzboot mit einer flachen Kielschiene gleichen als einem Doppelspurschlitten, sollten Sie im Oval bei zunehmender Geschwindigkeit auf die Kurvenlage achten. Sekunden später wußte ich, warum mein Zugtier mich vor der dritten Kurve recht schelmisch aus dem linken Augenwinkel mit seinen großen Kulleraugen angeblinzelt hatte. Im hohen Bogen flog ich trotz aller Bemühungen um entsprechende Gewichtsverlagerung aus dem Gespann und landete im Schnee. „Reni" trabte mit dem Schlittengeschirr, das sich wieder aufgerichtet hatte, einfach weiter – nunmehr freilich ohne mich als Ballast.

Eishotel & Co

Für die Übernachtung im „Jukkasjärvi-Eishotel" wählten wir bewußt einen Termin Ende März. Zudem hatten wir uns für einen echten Kurztrip entschieden. Konkret hieß das: 2800 Kilometer hin, eine Übernachtung und 2800 Kilometer zurück – alles in zwei Tagen.

Da wir insgesamt nur 48 Stunden unterwegs sein würden, hatten wir wenig Gepäck und als Schuhwerk nur unsere Schneestiefel an den Füßen. Das wiederum machte die Zollbeamten am Frankfurter Flughafen bei bestem Wetter um die 15 Grad stutzig. Bei der Passkontrolle deutete einer der Herren gezielt auf meine Winterstiefel und sagte: „Was bitte sollen diese Schuhe?" Ich verstand nicht gleich die Absicht hinter seiner Frage. Offensichtlich sah der Beamte in den Plateausohlen ein Versteck für Pülverchen aller Art und ließ mich die Schuhe zum Durchleuchten ausziehen. Noch während der Apparat lief, erklärte ich ihm das Ziel der Reise. Bei dieser Erklärung entspannten sich seine Gesichtszüge deutlich, und er wünschte einen guten Flug.

In der Tat landeten wir wie erhofft bei strahlendem Sonnenschein und lauen 2 Grad plus am späten Vormittag im schwedischen Kiruna, das weit nördlich des Polarkreises liegt. Kiruna, samisch „Schneehuhn", liegt in der Region Norrbotten. Geografisch gehört die 17 000 Einwohner zählende Bergbaustadt zu Lappland. Sie besitzt die größte unterirdische Eisenerzmine der Welt.

Von dort sind es nur noch 20 Minuten Taxifahrt und schon erblicken wir am Straßenrand das Verwaltungsgebäude des Eishotels. Alternativ besteht auch die Möglichkeit, sich am Flugplatz mit dem Hundeschlitten abholen zu lassen – Schnee liegt ja überall genug.

Im Hauptgebäude befinden sich auch die Wellness-Einrichtungen und Restaurants des Hotelkomplexes. Alle restlichen Gebäude, abgesehen vom Toilettencontainer, bestehen ausschließlich aus Schnee und Eis. Hier sind nicht nur die Wände, Säle und Gänge aus gepresstem Schnee oder Eis, sondern auch die Fensterscheiben, Kronleuchter, Kirchenbänke, der Altar und die Thronsessel. In der Bar sind dank eines Schablonenverfahrens selbst die Gläser aus Eis, also Handschuhe nicht vergessen. Heißgetränke werden natürlich im Becher serviert. Insgesamt wuseln hier bis zu 150 Mitarbeiter, um alles perfekt aussehen, sprich in schneeweiß erstrahlen zu lassen.

Jedes Jahr treffen sich spätestens im November viele namhafte Künstler, Skulpteure und Eisschnitzer zur Neugestaltung des

Hotelkomplexes. Einzig die wie aus venezianischem Glas erscheinenden Kronleuchter des Festsaales wandern im Sommer in eine Kühlkammer, um diese immense Arbeit nicht Jahr für Jahr leisten zu müssen. Hätte es besagte Hotelanalge schon 1986 gegeben, hätten wir uns garantiert hier trauen lassen und wären anschließend in einen eisig-heißen Honeymoon gegangen. Ich liebe einfach alles, was mit Schnee und Eis zu tun hat.

Selbst wenn man um die Schönheiten der Anlage weiß, ist man beim ersten Anblick der Gesellschaftsräume und Zimmer hinsichtlich der vielen Details einfach fasziniert. In unserer Schlafhöhle sind ganze Bildgruppen in die Wände und die Nachttischchen graviert. Auf dem eisigen Bettsockel befindet sich eine Styroporauflage, darüber diverse Felle. Zum Schlafen krabbelt man mit Socken und Skiunterwäsche in einen Thermo-Schlafsack, den man bis über die Nase mit einem Reißverschluß verschließen kann. Fakt ist natürlich, daß es in den Gebäuden und Unterkünften nie wärmer als 1 Grad Plus werden darf. Dann nämlich beginnt die Pracht dahin zu schmelzen und die Statik droht spätestens ab Ende April instabil zu werden.

Noch steht die Sonne hoch am Horizont und wir haben uns mit einem Eisskulpteur zum Schnitzen verabredet. Zunächst zeigt er uns das riesige Kühlhaus, in dem Eisquader aller Größenordnungen und Klassifizierungen liegen. Einige Blöcke dürften gut 10 Kubikmeter haben und sind glasklar bis leicht bläulich wie ein Rohdiamant von Topqualität. In einer Ecke kreischt eine Säge und die Szenerie erinnert fast an eine Tischlerei.

Etwas abseits des Kühlhauses liegen schon mehrere Gerätschaften wie Sägen, Meißel und höllisch scharfe Schabmesser parat, deren Einsatz uns Ingemar kurz demonstriert. Nach ein paar Stößen hat man den Bogen raus. Schwieriger als gedacht ist das 3D-Vorstellungsvermögen, denn ab ist ab. Eigentlich wollte ich für meinen Mann ein Paragraphenzeichen aus dem 60 mal 80 mal 40 Zentimeter großen Eisblock herausarbeiten, dieses Unterfangen mußte ich zugunsten einer großen Herzskulptur aber schnell aufgeben. Nach einer knappen Stunde ist das vergängliche Kunstwerk fertig und wird ausgiebig fotografiert, denn schon in kurzer Zeit wird es nicht mehr existieren.

Vor der Sauna und dem Abendessen erwartet uns noch ein besonderer Leckerbissen im Openair-Amphitheater, nämlich ein 20-Minuten-Konzert auf Eisinstrumenten. Ein Xylophon, ein Kontrabass, eine Geige und eine Eisharfe stehen dafür schon bereit. Mit der Dauer der Aufführung bzw. des Gebrauchs verändert sich der Klang der Instrumente. Grundsätzlich ist ihr Klang nicht so brillant, sondern deutlich dumpfer als die Originale. Aber die Faszination bleibt. Ein wahrlich „cooler Sound", der manchmal etwas außerirdisch oder wie Unterwassermusik klingt. 2003 wurde sogar Shakespeare mit „Hamlet on Ice" gegeben und Königin Silvia feierte hier ihren 60. Geburtstag.

Wie war nun die Nacht im Luxus-Iglu? Da uns Frauen ohnehin schneller kalt wird als den Männern, schlummerte mein Mann schnell ein. Ich kämpfte zunächst mit dem Reißverschluß, denn warm genug war es mir und meiner Nase nur, wenn er geschlossen war, dann aber bekam ich zu wenig Luft.

Gegen 1.00 Uhr schlüpfte ich schließlich in meine bereit gestellten Badeschlappen, schob den Zimmervorhang zur Seite und trat auf den langen Schneeflur hinaus. Sonst nichts zu hören, nur die grünliche Notbeleuchtung wies den Weg zum Toilettenhäuschen. Hier war es herrlich warm geheizt, da die Wasserspülung nicht einfrieren darf. Am liebsten wäre ich hier sitzen geblieben, aber nichts da. Kaum war ich zurück, konnte ich schließlich entspannt schlafen, bis der „Morning Tee" ans Bett gebracht wurde.

Am Vormittag des zweiten Tages blieb noch etwas Zeit, um mit dem klassischen Tretschlitten auszufahren. Doch kaum sind wir außerhalb des Schneedorfes entlang des Torne-Flusses unterwegs, treffen wir auf zwei Jugendliche, die sich mit ihren Snowmobilen lautstark ein Turbo-Rennen liefern und sogar über Rampen springen. Nur 500 Meter weiter sehen wir einen Bagger, der frisch aus dem Eiswasser geschnittene Quader heraushebt. Das ist ein mühsames Unterfangen, denn die Eisblöcke geraten beim Aufnehmen mit der Schaufelgabel schnell aus dem Gleichgewicht und rutschen wieder ab. Zirka 2000 solcher riesiger Eisblöcke werden zum Bau des Eishotels benötigt und so manch einer dieser „eisigen Gesellen" geht per Luftfracht auch schon mal auf Reisen. So habe Karl Lagerfeld mal einen Eisblock zur Dekoration für eine Fashionshow von hier einfliegen lassen. Was der Mensch nicht alles macht. Gebannt schauen wir zu und verpassen fast unseren Stadtrundgang in Kiruna bzw. den Rückflug nach Stockholm.

Auf dem Rückweg zum Flugplatz passieren wir eine kleine Tankstelle, wo die beiden Zapfsäulen wie in einer Schneewand fast vollständig im Schnee versinken, einzig die Schläuche schauen noch heraus. Wir müssen schmunzeln und juxen mit dem Taxifahrer über den Winter. Sein lakonischer Kommentar: „Was heißt hier Winter, jetzt haben wir März. Winter ist bei uns von Dezember bis Februar". Man kann sich also vorstellen, wie es hier im wirklichen Winter aussieht. Genauer gesagt, was man dann noch von den Zapfsäulen sieht.

Meine Tipps:
1. *Beim jährlich in München stattfindenden „Out-of-the-Box-Festival" kann man ebenfalls einem Konzert mit Eisinstrumenten lauschen. Dann ist der norwegische Klangkünstler Terje Insungset zu Besuch in Deutschland und man erspart sich die lange Anreise nach Skandinavien. Nach dem Event kann man sich die Instrumente auch näher ansehen und Terje steht für Fragen parat.*
2. *Auch wenn nur wenig Zeit in Stockholm bleibt, unbedingt einen Abstecher zum Rathaus, dem Stadshus, machen, wo alljährlich*

von der königlichen Familie die Nobelpreise verliehen werden. In der Regel ist die große Halle für die Öffentlichkeit frei zugänglich.

3. *Man muß nicht im Eishotel übernachten, man kann es auch als Tagesgast gegen eine Eintrittsgebühr erkunden.*

4. *In Stockholm gibt es als Ableger des Eishotels eine ganzjährige Eisbar.*

5. *Seit 2016 kann man das Eishotel auch im Sommer besuchen. Ein Teil der Anlage wird ganzjährig dank eines Kühlsystems mit Solarpaneln gut gekühlt konserviert. Dann herrschen in den Räumen konstant minus 5 Grad.*

Unterwegs mit einem Eisbrecher

Der derzeit stärkste Eisbrecher der Welt ist die russische „Victory" mit (atombetriebenen) 75 000 PS. Sie ist 150 Meter lang, 30 Meter breit, hat rund 11 Meter Tiefgang und kann eine Eisstärke von bis zu drei Metern durchbrechen. Ihr Heimathafen ist Murmansk auf der Halbinsel Kola unweit der Grenzen zu Norwegen und Finnland. Mit rund 307 000 Einwohnern ist Murmansk eine der größten Städte nördlich des Polarkreises.

Die „Victory" dient nur selten als „Touristenschiff". In erster Linie ist sie Forschungs- und Frachtschiff, um auch entlegene Regionen der Arktis entlang der Nordostpassage zu erreichen. Werden Mitfahrgelegenheiten angeboten wie zum Beispiel zum Nordpol kann der Preis schnell bei 25.000.- Euro pro Person liegen.

Aber einen ebenso guten Eindruck vom Leben auf einem Eisbrecher gibt die inzwischen außer Dienst gestellte „Sampo", die im finnischen Kemi stationiert ist. Ihre Tagesfahrten von jeweils vier Stunden durch das dicke Packeis im Bottnischen Meerbusen sind in den Wintermonaten legendär. Also an Bord und Leinen los.

Entschlossen schiebt sich das Schwergewicht durch das Eis voran und man kann deutlich das Krachen und Knacken der aufspringenden Eisplatten hören. Am besten kann man dem Schauspiel seitlich des Bugbereiches folgen, hinter dem Heck bleibt eine schwarze zerklüftete Fahrrinne zurück, die sich je nach Wetterlage und Eisgang aber auch schnell wieder verschließt. Gefahren wird bei jedem Wetter, auch wenn „die Bäume quer liegen", denn starke See droht bei Eisgang nicht.

Im Programm enthalten ist ein Schiffsrundgang von der Kombüse über den Motorenraum bis zur Brücke, Lunch im Schiffsrestaurant und das obligatorische Bad in der Ostsee. Dies ist freilich der Höhepunkt, auf den alle Passagiere warten – der simulierte Katastrophenfall als Spaßfaktor. Jeder der möchte, erhält einen orangeroten Survival-Anzug und kann damit ins Wasser hopsen, sich also in der frei gefahrenen Eiswasserrinne auf dem Rücken treiben lassen. Diese Spezialanzüge halten aufgrund von Luftpolstern, Wattierung und einer speziellen Nylonbeschichtung wirklich erstaunlich warm und sind absolut dicht. Laut Hersteller kann man damit bis zu 24 Stunden im Eiswasser überleben; Kostenpunkt mindestens 1.000.- Euro. Beim Anlegen raschelt es und jeder scheint in den übergroßen Overalls zu versinken. Dabei ist es gar nicht so leicht, die integrierten Handschuh- und Fußteilbereiche zu finden. Ist man aber erst mal im Wasser, sieht es aus, als würden überdimensionierte Schlafsäcke umhertreiben. Interessierte finden unter den Stichworten „Sampo" und „Visit Finland" im Netz diverse Hinweise und weitere Berichte über die „Eisbrecher Supermacht" Finnland. Kein Wunder, denn wenn der Winter einzieht, würde das Leben ohne sie sprichwörtlich im Eis erstarren.

Zum Schluß erhält jeder Teilnehmer der Sampo-Kreuzfahrt noch ein Eisbrecher-Diplom. Ergänzend werden vor Ort Ausflüge zum „Schneeschloss" Lumi Linna sowie Snowmobil- und Rentier-Safaris angeboten.

Mit etwas Glück kann man nachts auch Polarlichter erleben. Herz was willst Du mehr? Freilich, Kälte muß man mögen. Würde man mir auf der Neumayer-Station in der Antarktis einen Forschungsauftrag anbieten, würde ich sofort die Koffer packen.

Die spinnen, die Finnen? Keineswegs. Nicht nur anläßlich des Winterfestivals geht es im südfinnischen Lohja im wahrsten Sinn des Wortes rund, sondern auch bei vielen anderen Gelegenheiten. Es braucht nur vier bis sechs Helfer, ausdauernde Elektrosägen und -fräsen sowie eine Art Riesenzirkel und schon entsteht eine auf dem Eis schwimmende kreisrund ausgesägte Scheibe. Der Clou: Bringt man an ein bis zwei Stellen am Rande der Eisscheibe leistungsstarke Elektromotoren an, beginnt sich die ausgesägte Eisscheibe munter zu drehen. Je nach Durchmesser liebt es der Finne, sich auf dem Eiskarussell nicht nur im Kreis zu drehen, sondern auch allerlei Freizeit-Equipment darauf zu platzieren. Egal ob Feuerschale, Grill, Schaukel oder ein ganzes Saunahäuschen, alles ist willkommen. Manege frei!

Polarlichtträume

Wenn Polarlichter am Himmel tanzen, ist es immer ein Fest. Ein Feuerwerk aus Licht und Farben. Wie himmlische Boten ziehen sie ihre Kreise oder tauchen als Lichtbänder mal hier und mal da auf, bilden wehende Vorhänge oder lassen den Nachthimmel über längere Zeit erglühen. Es gibt sie vorwiegend in der Farbe neon-grün, manchmal erscheinen sie aber auch in orange oder lila-rot wie flammende Feuerwalzen.

Im ersten Moment glaubt man seinen Augen nicht zu trauen, sieht zweimal hin. Ich habe dieses Lichtspektakel schon einmal aus dem Flugzeug heraus erlebt, nämlich kurz vor Weihnachten im Landeanflug auf Rovaniemi. Erst dachte ich, es handele sich um eine Reflexion des Positionslichtes am Flügel, dann aber war der Schein plötzlich überall. Rovaniemi liegt auf Höhe des Polarkreises und ist auch als Sitz des Weihnachtsmannes bekannt – sogar mit eigenem Postamt. Tausende Kinder schreiben Santa jährlich aus der ganzen Welt und in vielen Sprachen. Die Wichtel und Weihnachtselfen des „Joulupukki" sind stets aufs Neue bemüht, alle diese Briefe zu beantworten. Man kann ihn in seiner zauberhaften Winterresidenz, die keineswegs ein kitschiges Disneyland ist, auch persönlich besuchen.

Oft ist aber nicht nur von Nord-, sondern auch von Südlichtern die Rede, was im Grunde dasselbe ist. Erscheinen sie um den Südpol, nennt man sie „Aurora Australis", hier in den nördlichen Breiten um den Nordpol „Aurora Borealis". Besonders schön kann man sie auch vom Wasser aus sehen, wenn man zum Beispiel mit einem Hurtigruten-Schiff entlang der Küste von Norwegen unterwegs ist. In den Fjorden und bei glatter See spiegelt sich das Lichtphänomen auch auf der Wasseroberfläche.

Wie genau entstehen Polarlichter? Manche Forscher bezeichnen sie als eine Art „Luftstoß", den die Sonne in Richtung Erde sendet und dort in Form von bunten Lichtern am Himmel sichtbar werden läßt. Physikalisch passiert dabei Folgendes: Die Sonne stößt einen sogenannten Sonnenwind (oder auch mal Sonnensturm) voller elektrisch geladener Teilchen, vor allem Elektronen aber auch Protonen und ein wenig Helium, aus. Dieser Sonnenwind benötigt rund 18 Stunden, bis er das Magnetfeld der Erde, die Magnetosphäre, erreicht. Bis zur Erdoberfläche gelangen können die Teilchen nicht, weil sie auf Magnetfeldlinien treffen, die nach Norden ausgerichtet sind.

Durch dieses Aufeinandertreffen wirkt die Lorentzkraft, die die elektrisch geladenen Teilchen senkrecht zu ihrer ursprünglichen Bahn ablenkt. Die Sonnenwindteilchen werden also um die Magnetosphäre herum geleitet. Wenn sich die elektrisch geladenen Teilchen mit erdeigenen Atomen verbinden, entstehen die Nordlichter. Meist erscheinen sie grünlich. Je nach Grad der Sauerstoffverbindung ändert sich jedoch das Farbspektrum. Zur optimalen Sichtung benötigt man in der Regel einen dunklen, klaren Himmel, denn diese Reaktion findet in gut hundert Kilometer Höhe statt, also weit oberhalb der Wolkendecke.

Leider kann man Polarlichter nicht überall sehen, denn das Magnetfeld der Erde ist nicht kreisrund, sondern sieht eher wie ein

Apfel aus, mit Öffnungen oben und unten. Die Elektronen werden aufgrund ihrer magnetischen Ladung besonders von diesen Öffnungen angezogen und von den Magnetfeldlinien zu den Polen gelenkt. Dort kollidieren sie mit den erdeigenen Atomen. Interessanterweise sind die Polarlichter an beiden Polen der Erde zur gleichen Zeit sichtbar. Wenn also in Norwegen Nordlichter zu sehen sind, verfärbt sich gleichzeitig auch der Himmel über dem Südpol.

Trotz all dieser Erkenntnisse ist die Aurora bis heute nicht komplett erforscht. Man kann ihr Auftreten nicht sicher voraussagen. Zudem kann die Aurora auf der Erde maßgebliche Störungen bei technischen Systemen sowie Stromausfälle verursachen. Verständlicherweise hatten viele Menschen früher auch Angst oder zumindest Respekt vor diesem Naturphänomen und im Mittelalter galten rötliche Färbungen als Prophezeiung für Krieg und Blutvergießen. Bei den Sami herrscht bis heute der (Aber)Glaube, daß man über das Nordlicht nur im Dunklen sprechen dürfe, weil es die umherziehenden Seelen der Toten seien.

Einer der ersten Forscher, der Anfang des 19. Jahrhunderts die Entstehung von Nordlichtern erforschte, war der norwegische Physiker Kristian Birkeland. Heute versucht man an der Universität Tromsø Nordlichter künstlich zu erzeugen, um ihrem Wesen näher zu kommen.

Meine Tipps: Hier findet man in der Zeit von Oktober bis Februar weltweit die besten Polarlicht-Spots einschließlich Tourenangeboten:

1. *Island – Im Land der heißen Quellen, Wasserfälle, Feen und Trolle kann man Polarlichter statistisch am häufigsten sehen. Dort gibt es sogar einen offiziellen Feen-Beauftragten.*
2. *Alaska – Von Anchorage aus starten viele (Tages)Touren. Dabei gilt das Eagle-River Nature Center als einer der besten Plätze.*

3. *Kanada – Hier bieten sich zum Spotting der Jasper-Nationalpark und der Wood-Buffalo-Nationalpark an, da diese auch als Lichtschutzgebiete gelten.*

4. *Schweden – Kiruna oder Luleå bieten Lappland-Feeling pur. Tagsüber im Hundeschlitten oder Schneemobil dahingleiten, abends Elchwurst oder Rentier-Burger am Lagerfeuer unterm Polarlicht-Himmel. Mein Tipp: der kleine Ort Abisko nahe der ESA-Station „Esrange" (European Space and Sounding Rocket Range), wo auch hin und wieder Wettersatelliten ins All geschossen werden.*

5. *Norwegen – Tromsø gilt als das Tor zur Arktis. Noch häufiger kann man dort auch Robben und Wale sehen; ein Aurora-Erlebnis-Camp gibt es natürlich auch.*

6. *Spitzbergen (Svalbard) – Die Hauptstadt Longyearbyen hat den „nördlichsten Flughafen der Welt". Mit etwas Glück kann man Nordlichter hier sogar am Tag sehen.*

7. *Finnland – Nahe Rovaniemi am besten in einem Glas-Iglu unter „dem Sternenhimmel" schlafen; definitiv ein optimaler Ort für Polarlichter.*

8. *Schottland – Kein Wunder, liegt doch die Isle of Skye auf der Höhe bzw. demselben Breitengrad wie Alaska (!) Je nördlicher man geht, umso größer ist die Chance die „Mirrie Dancers", wie die Schotten die Aurora nennen, bei ihrem Treiben beobachten zu können.*

9. *Irland – Grüner Zauber auf der Grünen Insel? Genauso, zum Beispiel in der Gegend von Donegal.*

10. *Deutschland – Und selbst hier kann man manchmal Polarlichter erleben. Bis zu 20 Meldungen über Polarlicht-Sichtungen gibt es pro Jahr. 2014 konnte man sie sogar in Berlin sehen, weil die Sonne auf dem Höhepunkt ihres Aktivitätszyklus war, wodurch Polarlichter besonders stark sein können. Für gewöhnlich findet*

*das alle elf Jahre statt. Die Chancen stehen also erst im Jahr 2025
wieder besonders gut.*

Für „Warmduscher" ist Polarlicht-Spotting allerdings nichts, denn
in der Regel hat es gerade in Skandinavien abends um die minus
20 Grad. Selbst wenn man heiße Getränke erhält, sind diese nach
zwei Minuten nicht nur kalt, sondern nach vier Minuten im Becher
gefroren. Bei der Rückkehr ins Haus, genügt es zum nachhaltigen
Aufwärmen meist nicht, heiß zu duschen oder ins Bett zu kriechen.
Viel wohltuender und nachhaltiger erwärmt man den Körper mit
einem heißen Bad oder einem Viertelstündchen in der Sauna, die in
jedem Apartment, Hotel oder gar direkt im Zimmer vorhanden ist.

Almsommer – Unter Kühen und Schafen

„Auf der Alm da gibt's koa Sünd?"… das mag eine Definitionsfrage sein. Aber wenn dem so ist, liegt das daran, dass die Arbeit wirklich hart ist und müde macht. Also keine Zeit oder überschüssige Kraft mehr für die „Sünd" bleibt.

„Eine Kuh macht muh, viele Kühe machen Mühe". Wer viel arbeitet, kann und versteht es auch zu feiern. Das ist im gesamten Alpenraum meist der Fall, wenn der Almabtrieb ansteht. Besonders, wenn auf der Hochalm den Sommer über alles gut gegangen und kein Tier zu Schaden gekommen ist. Dann werden die Tiere oder zumindest die Leitkuh mit Blumen und Zweigen geschmückt.

Sind alle Hirten, Senner oder Sennerinnen Aussteiger oder gar Sonderlinge? Keineswegs, die Jobs sind zwar nicht gut bezahlt, aber teils heiß begehrt. Mal etwas Abstand von der Überzivilisation gewinnen, den Kopf frei kriegen oder sein eigener Herr sein, ist heute auch bei vielen jungen Leuten sehr beliebt.

Ich bin bei Leibe kein Frühaufsteher, aber das Alm-Leben wollte ich unbedingt einmal ausprobieren. Hatte ich nicht vor Jahren mal einen Schnupperkurs im Melken gemacht? Natürlich geht ein „Almleben auf Probe" nur für ein paar Tage in der Vorsaison, denn ohne Qualifikation würde mir kein Viehbauer seine „Damen", geschweige denn seine Käsekessel anvertrauen. Besagte Kessel sind aus Kupfer und kosten je nach Volumen schnell mal um die 600.- Euro. So ein „Kesselchen" mag mit 90 Zentimeter Durchmesser und einem Fassungsvermögen von 300 Litern klein aussehen, wiegt aber schon im Leerzustand 33 Kilogramm. Und ist erst einmal die Milch drin und muß nach der Labzugabe der Bruch mit einer „Käseharfe" geschnitten und in Folge mit einem Tuch herausgehoben werden, wirken ungeheure Kräfte. Die ich nicht habe und mir im Alter auch nicht mehr antrainieren kann. Auch mit Unterstützung eines Hebearms bedarf es viel Erfahrung und einer gewissen manuellen Technik, um die Rohkäsemasse ordnungsgemäß aus dem Bottich zu heben.

Mit dem Wetter hatte ich Anfang Juni oberhalb von Zweisimmen im Kanton Bern schon mal Glück, denn in der Nacht wird es auf 1800 Meter Höhe trotz Sonnenschein am Tag nachts immer noch recht kalt. Warum das wichtig ist? Nun, das „Häuschen" liegt schon mal außerhalb der Hütte und ohne Strom und Wasser heißt es – neben diversen anderen Arbeiten wie Heumachen und Stallmisten – Holz hacken, Holz hacken, hacken. Als „Schreibtischtäterin" habe ich bereits nach ein paar Axtschlägen eine Blase am Daumen. Aber wie gesagt: Ohne Holz bleibt es nicht nur im externen Plumpsklo kalt, sondern in der gesamten Hütte, und der Morgenkaffee läßt ebenfalls auf sich warten. Planung ist hier alles.

Fließendes Wasser gibt es zwar, nur kommt es nicht aus dem Hahn, sondern fließt als umgeleitetes Rinnsal vom Bach in bzw. durch ein Baumstammbecken. Brr, das frische Nass ist so kalt, daß einem beim Zähneputzen das Zahnfleisch erstarrt, der Mund für Sekunden völlig taub wird. Und auch ansonsten erzeugt es Gänsehaut auf allen Körperteilen.

Solange man nur kurzzeitig diesem Tagwerk nachgeht, ist jeder Sonnenuntergang für wahr romantisch und Kerzenschein urgemütlich. Was aber unerwartet schnell spürbar ist, sind die Auswirkungen von Qualm und Ruß, den der Holzofen trotz Abzug im Hauptraum selbst im Schlafraum nebenan verbreitet. Alles, vor allem die Kleidung (auch in den Schränken) riecht schon nach wenigen Stunden verräuchert. Will man es positiv formulieren, nach einiger Zeit auch nicht mehr dominant nach Schweiß.

Gegen 20.00 Uhr ist es fast stockfinster und eine kleine Taschenlampe die einzige Lichtquelle. Schnell schlüpfe ich in meinen warmen Flanell-Schlafanzug und lasse auch gleich die Socken an. Abends noch etwas zu lesen, hatte ich mir gemütlich vorgestellt, aber das ewige Halten der Taschenlampe war nicht mein Ding und ich schlummerte unter meinem rot-karierten Federbettchen recht bald ein.

Als ich morgens den Laden aufschlage und die ersten Sonnenstrahlen herein blinzeln, haben es sich unmittelbar vor der Hütte schon zwei Kälbchen gemütlich gemacht. Offensichtlich bevorzugen sie den Holzboden der Veranda, statt feuchtes Gras. Innerhalb einer Herde gibt es wie auch bei den Menschen die anhänglichen, neugierigen oder widerspenstigen Typen. Echte Persönlichkeiten eben. Einige mögen sich und stehen zusammen (meist Geschwister), andere nicht und sind Einzelgänger.

Ich mag das regelmäßige Gebimmel ihrer Glocken, wenn sie grasen. Die erfahrenen Hirten sagen, schon am Glockenklang alle Tiere von weitem auseinanderhalten zu können und zu hören, ob es allen gut geht. So ein Wiederkäuer hat vier Mägen; der größte wird „Pansen" genannt. Da eine Kuh täglich bis zu 15 Kilogramm Heu (alternativ Mais oder Silofutter) oder 90 Kilogramm Gras futtern kann, heißt es 20 Stunden am Tag fressen und kauen – und folglich Dauergebimmel.

Resi, Mari und Tolle, die ausgewachsenen Milchkühe, müssen zweimal am Tag gemolken werden und haben je nach Rasse eine tägliche Milchleistung von etwa 20 Litern (bei 4 % Fett und 3,5 % Eiweiß). Die Jahresproduktion in Deutschland liegt übrigens bei rund 33 Milliarden Litern Milch. Die vier fleischigen Zitzen der Euter fühlen sich zart an und vertragen schon mal einen ungeübten Griff. Und die lauwarme vollfette Milch schmeckt einfach köstlich.

Beim Almabtrieb kommen oft zuerst die Schafe herunter, denn sie sind zielstrebige geschwinde Läufer. Man schätzt, daß auf der Welt heute etwa eine Milliarde Schafe leben. In Neuseeland kamen 2001 auf einen Einwohner noch 12 Schafe, macht 48 Millionen Tiere. Die Zahl ist allerdings seit Jahren rückläufig. Schafe scheren ist dort übrigens ein Sport-Event. Auch der Weltmeister im Schafescheren kommt häufig aus Neuseeland und schafft pro Stunde bis zu 150 Nackedeis. Je nachdem, ob mit der Hand oder Elektroschere gearbeitet wird, benötigt der Champion zwischen 20 Sekunden und zwei Minuten pro Tier. Aber nicht nur Tempo, sondern auch Technik werden bei der „Golden Shear" bewertet.

Obwohl die Wolle heute kaum mehr eine Rolle spielt, sondern Fleischproduktion, Landschaftspflege und Milcherzeugung oder Käseproduktion im Vordergrund stehen, muß der Pelz trotzdem im Sommer regelmäßig runter. Übrigens, Speiseeis aus Schafsmilch ist aufgrund seiner cremigen Konsistenz nicht nur für Allergiker der Renner – unbedingt mal probieren.

Seit etwa 13 000 Jahren zählen Schafe zu den ältesten Nutztieren bei den Pflanzenfressern. Lämmerzeit ist meist im Februar/März. Und da ein Bock am Tag bis zu 50 Begattungen vornehmen kann – wie war das doch gleich mit der Sünd?

Übrigens liegen heute nicht alle Almen abseits und müssen zu Fuß erklommen werden. Viele sind bereits per Fahrzeug auf Schotterwegen erreichbar. Das Befahren dieser Wege ist in der Regel allerdings nur in Ausnahmefällen und mit Sondergenehmigung erlaubt. Wer mal Erfahrungen als Hirte oder Almhelferin sammeln oder in der Hütten-Gastronomie tätig sein möchte, findet im Internet weitere Informationen unter Suchbegriffen wie „Hüttenjobs", „Alpenverein" oder „Almwirtschaft".

Im ersten Jahr sei es Streß, ab dem dritten Jahr ein Genuß. Auf geht's, hoch hinaus! Mythos oder Alpenidylle? Weit gefehlt, denn je nach Örtlichkeit lauern auch Gefahren wie Steinschlag, Zecken, Gewitter oder rutschiger Mist. Ob Albtraum oder Alptraum mag jeder selbst entscheiden. Einem Wunder bin ich nicht begegnet, aber ein Stückchen mir selbst.

Mein Tipp:
Vergleichbare Auszeiten bieten Klosteraufenthalte oder mehrtägige Aufenthalte im Hospiz auf dem Großen St. Bernhard. Die dortigen Augustiner Chorherren sind mehrsprachig und bieten neben Gesprächen auch die Teilnahme an Exerzitien an.

Kleines Grenzintermezzo

Warum einfach, wenn's auch kompliziert geht. Es ist brütend heiß an diesem Augustnachmittag und wir rollen mit unserem Cabrio einem Wochenende am Genfer See entgegen. In Liestal, vor den Toren von Basel, bin ich kurz vor Geschäftsschluß noch mit einer langjährigen Freundin verabredet, die mir ihre Firma zeigen will. Etwas gestreßt schaue ich auf die Uhr. Das wird zeitlich knapp, denn die Autobahn Richtung Basel ist an diesem Freitag mal wieder mehr als voll und der nächste Stau nur eine Frage der Zeit. Kurzerhand entscheiden wir uns, wie so oft, lieber die nicht so stark befahrene französische A 35 via Straßburg und Mülhausen zu nehmen.

Nach gut zweieinhalb Stunden rollen wir langsam aus Frankreich kommend auf den kleinen Landstraßen-Grenzübergang in Basel zu. Es sind nur drei Autos vor uns, die wie üblich durchgewunken werden. Wir aber werden abrupt gestoppt und in unfreundlichem Französisch um die Pässe gebeten. Der Herr in Blau murmelt etwas vor sich hin und umrundet mehrfach unser Fahrzeug, prüft Reifen und Plaketten. Keine Ahnung, was er sucht, aber offensichtlich würde ihm eine Beanstandung gut in den Kram passen. Schließlich läßt er uns den Kofferraum öffnen. Darin befindet sich einzig ein kleiner Rollkoffer und sonst nichts. Offensichtlich hatte er nach einer Aktentasche mit Schwarzgeld oder mindestens Kontobelegen gesucht. Ein Deutscher, der mit einem solchen Auto an einem Freitagnachmittag nicht über die deutsche, sondern die französische Autobahn in die Schweiz reist, hat mit Sicherheit etwas zu verbergen. So steht es unsichtbar auf seiner Stirn geschrieben.

Dann läßt er die Seitentüren und das Handschuhfach öffnen und schaut angestrengt hinein. Seine Deutschkenntnisse gehen offenbar gegen Null, stattdessen fragt er en francais, wo die Brieftasche meines Mannes sei. Als er die Antwort erhält, daß er keine habe, nur eine Geldbörse und ein Mäppchen mit Ausweis- und Fahrzeugpapieren, zieht er bedächtig die Augenbrauen hoch und seine Augen beginnen zu leuchten. Es hätte nicht viel gefehlt und er hätte auf der Suche nach was auch immer die Seitenverkleidung der Autotüren heruntergerissen.

Stattdessen fällt ihm nun meine Handtasche zu meinen Füßen ins Auge und er heißt uns beide auszusteigen und ihm in das Grenzhäuschen zur weiteren Kontrolle und Befragung zu folgen. Die Uhr tickt und ich ahne, daß ich mein Date in den Wind schreiben kann. Wenn es ausnahmsweise einmal zügig gehen soll. Hinter uns hat sich bereits eine längere Schlange gebildet und die Wartenden beobachten gespannt die Situation.

Wir fahren das Auto also rechts ran und folgen ihm unter den Blicken eines herbeigerufenen Kollegen in den stickigen Kabuff am Straßenrand. Ich komme mir wie bei einem Stierkampf vor, wobei ich das rote Tuch bin und er der Stier, der mit geblähten Nüstern angriffslustig mit den Hufen scharrt. Dabei habe ich nur ein leichtes beiges Sommerkleid an. Ich packe also den gesamten Inhalt der Tasche auf einen staubigen Holztisch, und das ist im Falle einer Damenhandtasche so einiges. Mein Mann tut dasselbe auf der anderen Seite und entleert seine Hosentaschen. Wir schauen uns nur achselzuckend an. Schließlich entdeckt „unser Mann" an meinem

Handgelenk eine Uhr – eine Chopard. Ah, eine teure Schweizeruhr. Seine Augen signalisieren triumphierend, sich einem imaginären Ziel zu nähern.

Ja, wir waren zu dieser Zeit öfters in der Schweiz, da wir in Montreux zweieinhalb Jahre einen Zweitwohnsitz hatten. Sofort herrscht er mich an, wann und wo diese Uhr gekauft worden sei. Da sie ein Geburtstagsgeschenk von vor Jahren war, frage ich meinen Mann ahnungslos, ob er diese Uhr vor oder nach unserem Mexikoaufenthalt gekauft habe. Das Wort „Mexiko" bringt unseren „Wadenbeißer" auf neue mögliche Vergehen, denn nun ist er auf dem „Drogentrip". So läßt er uns doch tatsächlich die Ärmel hochkrempeln und sucht nach Einstichstellen. Wäre eine weibliche Grenzerin in der Nähe gewesen, hätte wohl nicht viel gefehlt, und er hätte noch eine Fingerprobe oder Röntgenanalyse des Unterleibes eingefordert. Als nächstes fragt er wohl nach den ausgefallenen Ringen an meinem Finger. Spontan lege ich mir scherzhaft den Satz zurecht, daß diese aus einem Einbruch vom letzten Jahr stammen. Er aber ignoriert diesen Schmuck und ist auch weiterhin nicht zu Scherzen aufgelegt.

Mir wird dieser mit Verlaub „fahndungserfolgsüchtige Terrier mit Tunnelblick" jetzt langsam zu bunt und ich bitte meinen Mann, ihm doch endlich seinen Anwaltsausweis zu zeigen. Nach Vorlage dieses Dokumentes hält sein Kollege schließlich inne und bedeutet ihm, es doch schließlich gut sein zu lassen. Auch mein Mann trug übrigens ein Schweizer Uhrenfabrikat, konnte dem Kollegen durch Nennung des Juweliers aber glaubhaft versichern, daß diese in Deutschland mit Nachweis-Zertifikat gekauft worden sei und er die Rechnung bei Bedarf vorlegen könne.

Zähneknirschend gab unser Terrier schließlich klein bei, sicher immer noch in der Überzeugung, daß bei uns etwas Zollrelevantes zu finden sein müsse. Mit einer Handbewegung heißt er uns einzusteigen, denkt offenbar aber nicht daran, uns die Ausweise wieder zu geben. Als wir dies lautstark mit Nachdruck reklamieren, wird der schweizerische Zollbeamte, der sich nur gut 20 Meter davon entfernt auf der anderen Seite des Schlagbaumes befindet, hellhörig. Unser Mann zögert weiterhin, dann geht er entschlossen auf den Schweizer zu und übergibt ihm provokant unsere Pässe. So als wolle er sagen, mach' mit denen, was du willst. Inzwischen war fast eine ganze Stunde vergangen. Wir rollen also die 20 Meter in Richtung Schweiz, als uns der Eidgenosse kopfschüttelnd auch schon die Pässe hinstreckt. Wir wechseln noch ein paar belanglose Worte, dann sagt er: „Desollee, wünsche noch einen schönen Aufenthalt in der Schweiz".

Reisen macht in solchen Momenten nicht immer Spaß und hat manchmal seine eigenen Gesetze. Oder wie der Volksmund sagen würde: Man hat's nicht leicht, aber leicht hat's einem. Wir haben nach dieser denkwürdigen Grenzkontrolle diesen Grenzübergang noch oft passiert, von dem besagten Herrn aber keine Spur mehr. Allez les Bleus.

Die über dem Wolf schläft – Dormir avec les loupes

Kaum ein Tier war und ist so umstritten wie der Wolf und man hört immer wieder von neuen Wolfsrudeln, die den Weg nach Deutschland oder Mitteleuropa finden. Ich kann die besorgten Eltern und auch die Schäfer verstehen, die einen Wolf im Revier haben oder deren Tiere schon angegriffen wurden. Aber Wesen und Natur der Wölfe, vor allem aber ihre Augen, haben mich schon immer fasziniert und ich wollte sie mal in der freien Wildbahn beobachten. In den spanischen Pyrenäen hatte es vor einigen Jahren nicht geklappt, obwohl die scheuen Tiere sicher in der Nähe waren. Wahrscheinlich hatten sie uns trotz Flüsterton wahrgenommen, wir aber haben sie auf unserer Pirsch nicht zu Gesicht bekommen.

In einem 120 Hektar großen französischen Tierpark sollte es nun klappen, mehr über diese schlauen Tiere zu erfahren und sie in natürlicher Umgebung aus nächster Nähe zu studieren. Im Parc Animalier de Sainte-Croix in den lothringischen Wäldern nahe Rhodes gibt es seit einigen Jahren die Möglichkeit, sie und andere

Wildtiere von Unterständen und Baumhäusern aus zu beobachten. Einige dieser Natur-Lodges sind wie Hobbit-Häuschen halb in die Erde gebaut und innen komfortabel mit Sauna und Kamin ausgestattet. Sie tragen so klingende Namen wie „Yellowstone", „Jack London" oder „Trapper-Hütte". Auf Du und Du mit dem Wolf sitzt man drinnen oder draußen hinter einer Panoramascheibe und kann es den Wölfen überlassen, ob sie neugierig näherkommen oder nicht.

Im Park verteilt liegen ähnliche Beobachtungsstellen, wo man „Canis lupus" mit etwas Glück ganz nahe kommen kann. Ich finde eine einsame Stelle und setze mich unmittelbar an der nach oben offenen Glasscheibe an einen Holzstoß angelehnt nieder und lausche bewegungslos in das Dickicht. Wie lange ich dort „angesessen" habe, ist schwer einzuschätzen, denn in Erwartung auf ein Geschehen, scheint die Zeit zu kriechen.

Kein Rascheln, keine vernehmbaren Bewegungen. Doch als ich den Kopf für einen Moment nach unten wende und wieder aufschaue, blickt er mich aus geringer Entfernung unvermittelt an. Ich vermute, es ist ein junger Rüde, denn er wirkt eher zierlich. Nun sind meine Blicke geschärft und in etwa 15 Meter Entfernung scheint ein weiterer Wolf im Unterholz zu stehen. Ich wage kaum zu atmen und mein Herz beginnt zu pochen. Ich hatte einen stechenden Blick erwartet, seine leicht gelblichen Augen wirken jedoch eher gelangweilt oder traurig. Aus den Augenwinkeln heraus beobachte ich, wie er scheinbar unentschlossen umher schnüffelt, dann aber plötzlich eine angespannte Haltung annimmt und den Kopf erneut in meine Richtung wendet. So als möchte er sagen „Was machst du da?"

Was wäre, wenn hier keine Trennscheibe wäre? Ich kann mir nicht vorstellen, daß er mich in dieser geduckten, demütigen Haltung angreifen würde. Oder doch, um sein Territorium oder das Rudel zu verteidigen? Ein Wolf ist freilich kein Menschenaffe, der nach Beobachtungs- und Imitationsphase gewisse menschliche Züge annimmt. Er wird allenfalls aus Neugier die Nähe suchen, aber eher ein Beobachter aus der Ferne bleiben. Etwa zwei Minuten lang passiert nichts und so schnell wie er gekommen war, entschwindet er mit federndem Schritt auch wieder aus meinem Sichtfeld, ohne sich noch einmal umzudrehen. Oh geheimnisvoller Fremder, die ultimative Freiheit hätte ich dir ohnehin nicht schenken können.

In der Regel werden frei lebende Wölfe 10 bis 14 Jahre alt. Männchen können in Mittel- und Osteuropa ein Gewicht von knapp 70 Kilogramm erreichen (Weibchen bis zu 50 Kilogramm) und sind mit bis zu 50 Stundenkilometern schnelle, ausdauernde Läufer. Auf der Suche nach neuen, unbesetzten Revieren und einer Partnerin legen insbesondere Jungwölfe oft hunderte Kilometer zurück.

Wölfe, egal ob Polar-, Grau- oder Timberwölfe, treten fast ausschließlich im Rudel auf und sind extrem anpassungsfähig. Das Rudel oder der Familienverbund besteht dabei aus den Eltern und den Nachkommen der vorangegangen Jahre. Wölfe werden erst mit knapp zwei Jahren geschlechtsreif; dabei bleiben die jungen Wölfe bis zur Geschlechtsreife bei ihrer Familie. Die Jungwölfe kümmern sich dabei um die Aufzucht der Welpen und nehmen teilweise auch Helferfunktionen bei der Jagd ein. Erst mit zwei bis drei Jahren wandern diese Jungwölfe ab und suchen sich ihr eigenes Wolfsrevier. Generell leben sie monogam und bleiben ein Leben lang mit demselben Partner zusammen. Die Leitwölfe, Wolfsvater und Wolfsmutter, zeigen ihren hohen sozialen Status durch Standortpositionen, Körperhaltung, Mimik und kleine Gesten an. Kämpfe und Aggressionen im Wolfsrudel werden nach Möglichkeit vermieden, können aber bei Futterknappheit durchaus vorkommen.

Apropos, die Fütterung steht an, und schon sind hinter Ästen im Dickicht die ersten Timberwölfe zu sehen. Obwohl sie das Terrain mit den kleinen Bachläufen genau kennen, tastet sich zunächst nur einer auf die kleine Lichtung vor, wohin einige Fleischbrocken ausgeworfen wurden. Auch die Tierpfleger betreten das große Gehege nie, um das Geschehen so natürlich wie möglich ablaufen zu lassen. Der Leitwolf schnuppert an einem Stück, dann näheren sich auch andere Tiere des Rudels, fressen aber noch nicht. Einige kuscheln sich fast aneinander, andere halten eher Abstand. Sie wissen offensichtlich, daß genügend Futter für alle da ist und fressen ruhig und zeitlich versetzt. Das Ganze dauert etwa 25 Minuten. Einzelne Tiere und Kleingruppen von zwei bis drei Tieren zerren ihren Brocken in eine vor Blicken geschützte Mulde. Insgesamt dürften – soweit wir es sehen können – zirka zehn Wölfe am Jausen sein. Gänsehaut-Feeling. Männliche und weibliche Tiere können wir kaum unterscheiden. Hier und da ein kurzes Knurren, ein Zähne fletschen, allenfalls ein spielerisches Gezänk. Im Rudel sollten sich auch zwei Welpen befinden. Ob diese noch gesäugt wurden oder von den Eltern zerkleinertes Fleisch erhielten, war leider nicht zu erkennen.

Zum Übernachten haben wir uns für die Variante „Baumhaus" entschieden, um die Tiere im Rudel aus der Ferne und von oben ganz natürlich zu sehen und um sie heulen zu hören. Es versteht sich, daß Füttern und nächtliches Heruntersteigen aus Sicherheitsgründen verboten sind. Nach einem informativen Rundgang über das Gelände und einem vorzüglichen Abendessen werden wir per Golfkarren zum gesicherten Treppenaufgang unserer Baumhütte gebracht. Auf halber Höhe befinden sich hier Bad und Toilette, auf der oberen Plattform in zirka zehn Metern Höhe Wohn- und Schlafraum samt Terrasse. Noch ist der Wald voller Stimmen, aber langsam wird es ruhiger.

Noch eine ganze Weile sitzen wir mit einem Glas Wein auf der Baumhausterrasse und zum Spaß stimme ich ein Geheul an, als ich kurz darauf „Antwort" erhalte. Dann wieder Ruhe. Als wir schon in unseren Bettchen liegen, setzt das Nachtgeheul erst richtig ein, die Wölfe kommunizieren miteinander. So plötzlich wie es begann, stoppt das Geheul nach gut fünf Minuten auch wieder. Aufkommender Wind läßt die Äste knacken und ein Regenschauer geht nieder; irgendwann sind wir sanft eingeschlummert. Es ist schon fast acht Uhr morgens, als wir unter uns ein Trappeln auf der Holztreppe hören. Unser Frühstückskörbchen wird gebracht und hübsch serviert. Auch das Wolfsrudel besteht wohl eher aus Langschläfern, morgens hat sich jedenfalls „kein Schwanz" mehr blicken lassen. Sei's drum.

Mein Tipp:

Begleiten Sie im Resort Sainte Croix den Ranger am frühen Morgen zum Futter auslegen in das Bärengehege. Egal, wo man das Grünzeug oder Obst verstreckt, die cleveren „Meister Petze" finden nach und nach einfach alles.

Afrikanische Momente

„Ich hatte eine Farm in Afrika", … so beginnt Karen Blixen ihre Lebensgeschichte in „Jenseits von Afrika". Denke ich an Afrika, fallen mir spontan zwei Begebenheiten ein: nämlich eine Fahrt mit dem „Blue Train" in Südafrika und ein „Kamelhandel" in Marokko.

Dreihundert Kamele

Ein orientalischer Souk oder Basar ist nicht nur ein Kulturerlebnis, sondern auch ein Shoppingparadies. Teppiche, Duftöle, Kupfer- und Silberwaren, Wasserpfeifen, Kleidung; das exotische Sortiment scheint unerschöpflich und erfährt seine Steigerung durch die Anpreisungen der Händler und Kunsthandwerker. Überall Stimmengewirr. Beim Schlendern über den großen Souk von Tétouan fällt mein Blick anno 1977 auf einen erdbeer-roten, gerade geschnittenen Kaftan mit ausgestellten langen Ärmeln, der zudem üppig mit goldgestickten Bordüren verziert ist. Selbstverständlich durfte ich das gute Stück anprobieren und ganz nebenbei erwähnte der Verkäufer, daß es ein Hochzeitsgewand sei.

In der Tat staunte mein Vater daraufhin nicht schlecht, als ein Kamelhändler ihm 300 Kamele überlassen wollte. Es dauerte eine Weile bis er begriff, daß dies ein Tauschgeschäft gegen die Ware „Tochter", also mich, sein sollte. Das Erstgebot belief sich auf 200 Tiere. Der Marokkaner verstand dies nicht als Witz und erhöhte in drei Schritten auf 300 dieser wertvollen „Wüstenschiffe". Mein Wert bestand ganz offensichtlich in einer weiblichen Figur, langen blonden Haaren und vorausgesetzter Jungfräulichkeit. Mein Vater fühlte sich ob dieses Angebots wohl durchaus geehrt, aber was sollte er mit 300 Kamelen oder besser wohin damit? Diese wollte der Geschäftsmann gerne für ihn in Obhut nehmen und als Zins vermehren.

Die besagte Konversation wurde auf Französisch geführt. Ob er es wirklich ernst meinte oder es ein Missverständnis war, blieb letztlich offen. Der betuchte Herr untermauerte seine Wertschätzung jedoch noch mit dem Argument, daß laut Mohammed ein getöteter muslimischer Mann mit 100 Kamelen zu kompensieren sei, für Frauen aber nur die Hälfte angesetzt werde. Ich wäre ihm also das Sechsfache wert gewesen

Erst später habe ich erfahren, daß ein Kamel durchschnittlich 1.500.- DM oder 750.- Euro kostet, ein Rennkamel allerdings mit weit über einer Million Euro zu Buche schlagen kann. Mein Vater hätte also kein schlechtes Geschäft gemacht, gemessen an dem, was ich einschließlich meiner Sportkarriere im Eiskunstlaufen noch kosten sollte.

Vier Jahre später habe ich in Sri Lanka einen perlmutt-rosa-farbenen Seidensari erstanden. Hier gab es keine entsprechenden „Angebote" mehr, denn bei den Hindus galt ich als „gebraucht vergeben" oder mit 20 Jahren einfach schon zu alt. Beide Kleidungsstücke liegen bis heute gut verstaut in einem Koffer, dem Koffer aus einem anderen Leben. Es käme mir nie in den Sinn, sie als Faschingskostüme zu mißbrauchen. Sie und mein koreanischer „Hanbok-Kimono" wurden nur selten getragen und bleiben authentische Reiseerinnerungen zum Anfassen.

Auf blauen Schienen

Wer durch Südafrika reist, sollte eine Bahnfahrt mit dem „Blue Train" nicht verpassen. Er verkehrt jeweils um die Mittagszeit im 24-Stunden-Rhythmus zwischen Johannesburg, mittlerweile zwischen Pretoria und Kapstadt und ist eine perfekte Alternative zur 1200 Kilometer langen Flugstrecke. Er ist luxuriös ausgestattet, bietet jeglichen Service und vermittelt ein wenig „Orient-Express-Flair". Schon das Einchecken verläuft per Kofferträger über einen blauen Teppich, am Sonderbahnsteig spielt eine kleine Band und es werden Erfrischungen gereicht. Beim Einstieg wird man von seinem persönlichen „Serviceman" zur Kabine geleitet, an der bereits ein Namensschildchen angebracht ist. Da wir schon ein paar Tage im Land unterwegs sind, also schon die Diamantenbörse und eine Goldmine inspiziert haben und mit der Kamera auf Großwildjagd im „Krüger-Nationalpark" waren, freuen wir uns auf ein paar entspannte Stunden auf Schienen. Einfach nur in die Landschaft blicken, relaxen und sich kulinarisch verwöhnen lassen. Selbstverständlich verfügen die neun bis zwölf Quadratmeter großen Zweibettabteile alle über ein eigenes Bad, mit Dusche, WC und Klimaanlage.

Der Zug ist inzwischen fast unbemerkt abgefahren und gleitet dank spezieller Federpolsterung der Waggons sanft dahin, ja, er scheint fast über die Gleise zu schweben. Die Wellblechhütten der Townships von Johannesburg, die der Zug passiert, lassen die Armut der farbigen Bevölkerung jetzt noch deutlicher zu Tage treten als in der Stadt, deren Bürohochhaus-Zentrum eher an „Mainhattan", also Frankfurt, erinnert.

Unvermittelt kommt mir die gestrige Tour rund um Johannesburg wieder in den Sinn. Ganz mutig haben wir uns von einem Kleinbus mitnehmen lassen, der bei Zustieg eigentlich schon übervoll war.

Die allesamt farbigen Insassen wunderten sich zwar, daß wir tatsächlich eingestiegen sind, reichten aber das Fahrgeld von hinten an den Fahrer nach vorne durch und schwatzten unbeeindruckt weiter. Die Fahrtroute dieser Privatbusse ist weitgehend festgelegt, Haltestellen finden sich nach Bedarf. Wer aussteigen will, klopft mit der Hand ans Dach oder macht sich durch Zuruf bemerkbar. So weit so gut. Als ich mich kurze Zeit später in einem kleinen Park auf eine Bank setzte, scheuchte mich ein schwarzer Polizist unwirsch und fast mit Stockgewalt von dort weg, obwohl sonst niemand zu sehen war. „Diese Bank ist für Farbige reserviert (coloured people only) und sonst niemanden". Nun denn, Apartheid einmal anders herum.

Bevor wir uns zum Mittagessen umziehen, genießen wir gerade etwas versonnen den bereit gestellten Piccolo, als es an der Abteiltür klopft. Wir erwarten unseren „Serviceman" und rufen „come in, please". Stattdessen stellt sich uns ein Herr in den Vierzigern vor, der uns um einen Abteiltausch bittet. Im Hintergrund steht leicht nervös der Schaffner und verfolgt das Gespräch. Zunächst können wir uns keinen Reim auf den Wunsch des Herrn machen, steht doch an unserer Tür der korrekte Familienname. Wir verweisen darauf, worauf der Herr uns zu verstehen gibt, daß er ebenfalls mit Nachnamen so heiße und reicht seine Buchungspapiere zur Ansicht herüber. Kurz sehen wir uns verdutzt an und müssen dann alle herzlich lachen. Da reist man bis ans Ende der Welt und dann das. Offensichtlich möchten er und seine Frau Sheilagh lieber ein Mittelabteil beziehen, „unser" Abteil liegt gerademal einen Waggon weiter. Mit Hilfe des Schaffners raffen wir unsere Siebensachen zum Umzug, aber natürlich nicht, ohne uns zuvor mit der „neuen Verwandtschaft aus Südafrika" nach dem Mittagessen im Teesalon zu verabreden.

So haben wir uns auf dieser Bahnreise zu viert nicht nur über viele persönliche Dinge ausgetauscht, sondern auch viel über die speziellen Verhältnisse kurz vor Abschaffung der Apartheid im Land erfahren. Aber nicht nur das. Die Familie hat uns nach der Rückkehr über das Wochenende in ihr Zuhause etwas außerhalb von Johannesburg eingeladen, wo wir eindrücklich die Lebensweise der gehobenen Mittelschicht erleben konnten. Ja, sie hatten einen Swimmingpool und eine farbige Hausangestellte, die aber nur tagsüber im Haus war. Jeden Abend ging der Hausherr persönlich ums Haus, um alle Türen und Fenster abzuschließen bzw. zu sichern.

Hinsichtlich der Familie sind mir noch heute Attribute wie fleißig, adrett, strebsam und diszipliniert präsent. Wenn ich je zwei wohl erzogene Kinder gesehen habe, dann Tanja und Galen, die damals elf und dreizehn Jahre alt waren. Die Vorfahren von Sheilagh (Lehrerin) stammten aus England, die von Rudi (BMW-Vertreter) aus Heidelberg. Das liegt zwar ganz in der Nähe unseres Wohnortes, aber die Vorfahren meines Mannes stammten wiederum aus Nordhessen und waren unter Maria Theresia zeitweilig in der Bukowina im heutigen Rumänien ansässig. Eine verwandtschaftliche Beziehung war also auszuschließen, aber wir haben bis heute Kontakt und uns noch des Öfteren auf halbem Weg in der Welt getroffen.

Ohne Frage ist Afrika voller Erlebnisse und bietet Abenteuer pur. Ein Freund von mir ist für einen guten Zweck einmal mit einem gelben Mercedes-Taxi durch die Sahara gefahren. Eine derartige Tour wäre selbst mir heute zu unberechenbar und anstrengend.

Daher gilt meine volle Bewunderung insbesondere den weiblichen Reise-Pionieren wie der Fliegerin Elly Beinhorn (1907 bis 2007) oder der Weltreisenden Clärenore Stinnes (1901 bis 1990), die schon Anfang des vergangenen Jahrhunderts fremde Kulturen und Kontinente für sich eroberten. Nach dem Tod des Vaters, des „Ruhrbarons" Hugo Stinnes, entzieht sich Clärenore Stinnes allen Konventionen. Sie fährt nicht nur Autorennen, sondern bricht 1927 gar für zwei Jahre im eigenen Auto mit Techniker und Kamermann zu einer Reise um die Welt auf. 23 Länder und 470 000 Kilometer später kann man sie durchaus als abenteuerlustig und emanzipiert bezeichnen. Durch den Balkan über Sibirien und die Wüste Gobi ging die Fahrt durch Asien sowie zwei Schiffspassagen nach Mittel- und Südamerika. Der schwedische Kameramann Claus-Axel Söderström wurde schließlich ihr Ehemann.

Damals wäre ich sofort dabei gewesen, auch wenn oder gerade weil Verlauf und Ausgang der Reise mehr als ungewiß und mit legendärem Wagemut verbunden waren.

Schlußwort

Natürlich ist dies nur eine kleine Auswahl an Geschichten und Erlebnissen rund um den Erdball. Teils fiel die Auswahl schwer, denn es gab viele unglaublich schöne, geradezu grandiose andere Reise-Highlights, die mindestens ebenso eine Erwähnung verdient gehabt hätten. Beispielsweise Santorin oder die heißen Quellen und die schwarze Mondlandschaft von Island, Eisklettern an einer Gletscherkante oder Sanddünen-Skilauf in den Emiraten. Apropos Island: In Reykjavik befindet sich das wohl verrückteste Museum der Welt, das „Phallologische Museum". Hier sind über 200 Penis-Exponate und Penisteile aller auf Island lebenden Säugetiere perfekt präpariert ausgestellt. Vom Spitzmäuschen bzw. dem nur zwei Millimeter kleinen Penisknochen eines Hamsters (nur unter der Lupe sichtbar) bis hin zur 170 Zentimeter langen vorderen Spitze eines Blauwals.

Aber die speziellen Momente einer Reise entdeckt und bewertet jeder auf seine ganz eigene Weise. Manchmal ertappte ich mich dabei, daß nach ausgiebiger Vorbereitung der Trip selbst gar nicht mehr so wichtig war und in der Realität wie ein Déjà-vu erschien.

Einen besonderen Reiz üben natürlich auch verbotene Orte wie die griechische Mönchs-Republik Athos aus, wo der Zutritt für alle weiblichen Wesen – ausgenommen Katzen und Hühner – untersagt ist.

Die attraktivsten Orte auf dieser Welt sind für mich in der Regel kulturelle Schnittstellen, zum Beispiel von Orient und Okzident, also Länder wie der Oman, Usbekistan oder Albanien. Oder aber es handelt sich um geographische Breiten, die auf den ersten Blick gar nichts zu bieten haben, lebensfeindliche Regionen wie Wüsten oder das Eismeer. Aber gerade das Nichts, die unendliche Weite und Stille bezeichne ich gerne als „Reisen für Fortgeschrittene", als Reise zu sich selbst. Einfach nur eintauchen und schauen.

Ein Massai sagte einmal etwas zu mir, das frei übersetzt wohl gut zu diesem Empfinden auf der Suche nach einem erfüllten Leben passt:

Es gibt Zeit zum Tun,

Zeit zum Sitzen,

Zeit zum Denken,

Zeit zum Nicht-Denken.

Ich sage: Alles hat seine Zeit.

Über die Autorin

„Friedrich", geboren 1960 in Ludwigshafen/
Rhein, ist Dipl.-Kauffrau und mit einem Juristen
verheiratet.
Seit Kindertagen ist sie begeisterte Wintersportlerin,
liebt den klassischen Tanz, die Welt der Oper und
kreatives Design. Gelegentlich greift sie auch mal
zur Harfe oder übt sich an der "singenden Säge".
Seit einigen Jahren arbeitet sie als erfolgreiche
Autorin eines Bestager-Lifestyle-Blogs und schreibt
im Hinblick auf ihren Hauptberuf unter
bürgerlichem Namen auch über sozial-politische
Themen auf nationalen Foren.

Reisen, Sprachen sowie die Entdeckung fremder
Länder und Kulturen prägten schon von Kindheit
an ihr Denken und Handeln. Zunächst im Rahmen
ihrer Sportkarriere (zweimalige Teilnehmerin der
Profi-Weltmeisterschaften im Eiskunstlaufen) und
privat, später u.a. beruflich im internationalen
Pharma-Management.

Wie „Leben geht" läßt sie sich ungern
vorschreiben und macht sich lieber selbst ein Bild
von den Dingen, bevor sie Entscheidungen trifft.
Abwechslung, das Leben aus unterschiedlichen
Perspektiven zu betrachten, ist dabei ihr
maßgebliches Lebenselixier bzw. die Grundlage
ihrer vielfältigen Interessen und anhaltender
Lebensneugier.

Zwei weitere neuartige Buchkonzepte liegen bereits
in der Schublade.

Zeitfracht Medien GmbH
Ferdinand-Jühlke-Straße 7
99095 Erfurt, Deutschland
produktsicherheit@kolibri360.de